# 推薦の言葉

**佐々木たいめい 画　油絵　30 号**

30 年近く大田区久が原にある聖フランシスコ子供寮に cut のボランティアに行っていたことで縁があり寄贈。

## 「行動」の人だからこそ言葉に重みがある

一般社団法人 Be Here now association 代表　中村直弘

私の大切な友人である泰明さんが、本を書いていると聞いて、正直驚きました。なぜなら、泰明さんは知識や情報を提供する人、すなわち「言葉」の人ではなく、むしろ「行動」の人だという印象が強かったからです。

しかしその内容が「生き方」や「あり方」に関するものであると知り、納得しました。

彼との出会いは今から約三十年も前で、私がアメリカから入ってきたAWARENESS（気づき）の研修の日本語版を開発し、それを普及する会社を設立して間もないころでした。

彼にはスタッフの一人として加わってもらいましたが、すぐにトレーナーとして、人前に立つことはしませんでした。なぜなら彼は言葉巧みではなく、話す内容も自分が本当に理解し体験し、納得したことでないと話そうとしないからです。

だから他のトレーナー候補より人前に立つまで時間もかかりました。


しかし、彼はステージに立ち、上手く話し、人の注目や称賛を浴びることよりも、研修の参加者一人一人に誰よりも意識を向け、研修から多くを学べるよう丁寧にお世話をしていました。そして、私を含むどのトレーナーより、研修室の環境に気を配り人の目につかないところまで、率先して掃除をし、参加者が学びやすい環境づくりに配慮していました。

そんなところに、若い時から泰明さんの「生き方」が現れていました。

やがて人前に立って話すようになった時には、経験に裏づけられた、心に伝わるメッセージを伝える人になっていました。


泰明さんは理美容の分野でもチャンピオンになり、少林寺拳法でもチャンピオンになり、私が誘って始めた絵画の展覧会でも、数々の賞を取っています。これらはそれそれ全く異なる分野においてです。

このことは、何を意味しているのでしょう？　どんなことに取り組んでもその本質を極めようとする彼の「生き方」「あり方」からくるものなのです。

どんなすごい成果を達成しても、おごらず、偉ぶることなく、むしろ謙虚で、若い時、上司だったというだけで、いまだに私のことをBOSSと呼んで慕ってくれます。こんな人柄だから、老若男女を問わず誰からも「たいめいさん」と親しみを込めて呼ばれ慕われているのも当然のことです。

是非、多くの人にこの本を読んでもらい、彼の「生き方」から何かを学んでいただけたらと願います。

## 志を貫く根幹に家族愛、郷土愛、祖国愛あり

株式会社ピュアーライフ代表取締役
一般社団法人「美し国」代表　菅家一比古

私は大学卒業後、恩師の要請で三年間、宮城県の外郭団体である文化事業に携わっ たことがありました。その時私は生まれて初めて、人と文化という東北体験をしたの です。

著者のふる里である宮城県登米市にもカトリックの小林司教にお会いするため二、 三度足を運んだ経験があります。

美しい山河に面したこの地にカトリックの修道院の大きな拠点があった訳は、古来 よりこの地は隠れキリシタンも多く、殉教者の聖地藤沢や、水沢にも近いためです。

私は若き頃より、この地は聖い土地であると憧憬の念を抱いておりました。

著者がこの地の出身であることを知り、氏の人格の高潔さと東北人特有の忍耐強さの源泉を意識させせられたのです。

氏との出会いからすでに三十四年が経とうとしております。その間、理美容業界での名声と地位は勿論のこと、日本を代表するヒューマングロースセミナー（メンタルトレーニング）のシニアトレーナー（講師）として定評があり、有名です。

東北人の持つ心の底からにじみ出てくる誠実さと愛情は、多くの人々の心の救いと希望となって、今も尚、氏を慕う人々や弟子たちが後を絶たず氏の周りに集まります。

弊社でも以前社員教育やお客様対象の「こころ塾」が行われ、大いなる心の啓発や、スキルアップに貢献頂いたのです。

過去三十九回にも及ぶ理美容のコンクールでの優勝実績、しかも全日本綜合チャンピオン、理美容の国際大会「パリ・インターナショナル」でのローズドール国際大賞を受賞したのは、恐らく氏のメンタルの底力に因るものだと言えるでしょう。翌年、歴代の全日本チャンピオンの中から第四代のスタイリスト・オブ・ザ・イヤーに選出されていることも特筆すべきことです。

病気の長男を抱え、一家四人を守れるのは自分しかいないと、子供と共に少林寺拳法に入門されました。長男がまだ二～三歳の頃です。著者は少林寺拳法でも全国大会で優勝を果たしました。

志を貫く人間性の軸であり根幹は、それは溢れんばかりの家族愛であり、郷土愛であり、そして祖国愛であります。素晴らしい愛国者の一人として、尊敬の念は私の中に止むことなく続きます。

氏がこの度著書を出版するに当たり、氏を知るものとしてとても嬉しく、同慶の至りに存じます。

氏の豊富な体験と哲学はこの一冊には到底おさまりきれるものではないでしょう。第二弾、第三弾と世に広く著わして頂きたいものと強く願ってやみません。

# 魂の友、佐々木泰明さんに贈る

シナジー・スペース株式会社　代表取締役　鈴木　博

アメリカ合衆国の著作家、詩人のエラ・ウィラー・ウィルコックスの詩に「運命の風」という詩があります。

ある船は東に進み　ある船は西に進む
同じ風を受けながら・・・
船の辿る方向を決めるのは
風の向きではなく帆のかけ方なのだ
海の風は運命の嵐のよう
人生という回路を辿るとき
ゴールを決めるのは

嵐、風の方向ではない
それは魂（心）の構えなのだ

人生に起こってくる出来事は海の風のよう。凪もあれば嵐もあります。大切なのは目の前に起こってくることを己の意思をもって、どう捉えどう向き合うかということを私に教えてくれた詩です。

佐々木泰明さんは、私の魂の友です。

彼の辿ってきた人生はまさに人生の嵐。瞬間瞬間に人としての魂で向き合いそれを乗り越え、時には神仏にすべてを委ね……。

この本に書かれているのは泰明さんの人生に起こってきた出来事を人間・泰明さんがどのように魂（心）の構えで受け取ってきたか、時にはどのように身をゆだねてきたか、そして、如何にして生きてきたかということをしなやかに問いかけてくれています。

皆さんの座右の書として、人生の隣に置かれることをお薦めします。

# 自分を生きる

佐々木たいめい

# 全日本14代理美容綜合チャンピオン
佐々木たいめい　1978年

1978（昭和53）年5月15日東京・品川のホテルパシフィックで開催。右から3人目が私、右から2番目は妻・美恵子。「理美容の祭典」で優勝した。
写真提供：理美容教育出版株式会社

## 第８回 R・H・P・C 三部門より選出

# 最優秀作品

## 佐々木たいめい　（埼玉県）

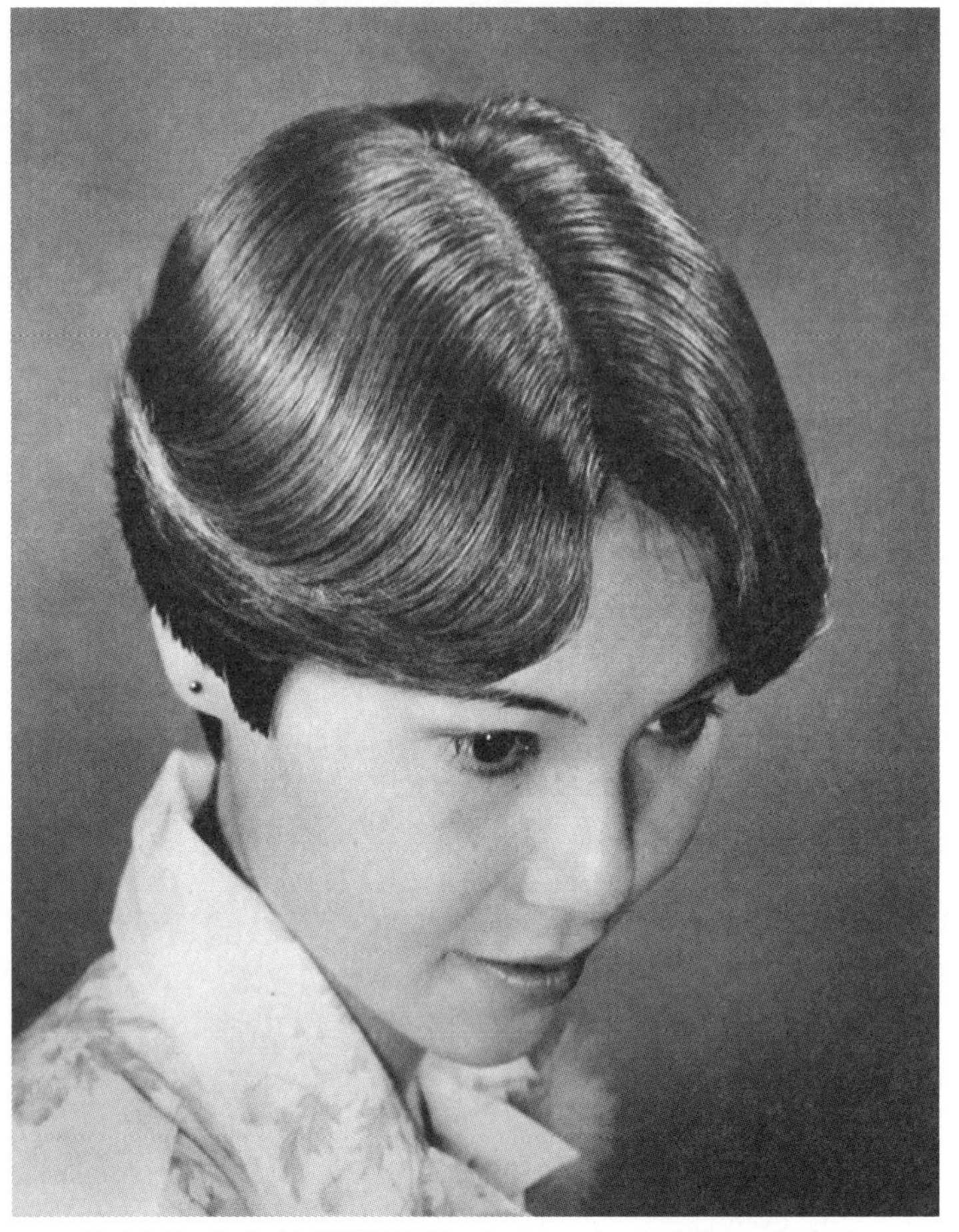

R・H・P・C とは髪型写真コンテストの略称。全審査員より高く評価されて選ばれた。モデルは妻・美恵子。1977 年４月。

写真：最優秀賞入賞作品

## 1994年 MONDIAL COIFFURE BEAUTE
## 国際審査委員長としてメンズ作品を審査中！

写真提供：理美容教育出版株式会社

## 『美容づくり　人づくり』

「スリー＆グリーンのお客さまは必ず笑顔で帰ります」をテーマに、私たちはお客さまとのコミュニケーションを大切にします。

## 3HAIR／MAKE

東京都三鷹市 三鷹産業プラザ 1F

# まえがき

「自分を生きる」

分かるようで、何かよく分からないタイトルだなあと、思われた方もおられたかもしれません。

確かに「自分を生きる」とは、当たり前のようで、でも、「どういうこと?」と思ってしまう、変な感じのする言葉だと私も思います。

社会に出て約五十年、最初の頃は「自分を生きる」など、思いもつかない言葉でした。それが今では、私にぴったりの言葉になっています。

どちらかと言えば、鈍感というか何か問題が起きても「どうにかなるさ」的な生き方をしてきた私です。良く言えばプラス思考ということになります。

それに特徴的なのは、何かをやり始めたらとことんやってしまう人間のようなのです。自分のことなのに「ようなのです」と言うのは、おかしな感じがすると思いますが、「自分がそうしなければならないからやる」というのではなく、自然にとことんやってしまうのです。

この性格が私を救ってくれました。

二十一歳で結婚し、産まれてきた可愛い我が子が生後五日目で手術を受け、一歳半までになんと十九回も開腹手術を受けたのです。この時の辛さは、もう言葉で表現できません。「神も仏もいないのか」と本気で思いました。

精神的にも経済的にもどん底状態だった私にできることは、仕事に打ち込むことでした。ヘアーサロンを開業していたので、目いっぱい働くことができました。

有り難いのはお客さまです。夜遅くまで、わざわざ来てくださったのです。いま自分のできることを精一杯、誠心誠意、心をこめて頑張る。その尊さと有り難さを学びました。この体験が私を強くしてくれたのは間違いありません。

幸い息子は元気になりました。本当に有り難いことです。その息子が縁になって少林寺拳法を習い始め、二十五歳で出場した全国大会（日本武道館）において一般男子団体の部で最優秀賞（優勝）を受賞できました。

また理美容の世界では、出場したコンクールで合計三十九回の優勝を果たすこともできました。これも、やり始めたら集中してやることの成果と言えますが、何より私は人とのご縁に恵まれました。

一言で「運が強い人間」なのです。

その全てが「自分を生きる」に繋がっています。問題に遭遇した時には、必ず解決の道を見つけることができます。

なぜ私がそう断言するのか、本書を通じて知っていただけたら幸いです。

平成三十年四月十一日

佐々木たいめい

目次

## 第二章　第十四代全日本綜合チャンピオン誕生物語

## 第六章　法則に生きる

# 第一章

## ヘアースタイリストの道へ、結婚直後に大きな試練

**佐々木たいめい 画　油絵　130号**

第55回 三軌展 入選作品

## 「自分にはこの道しかないと思ってやれ！」

人は生きていると喜びや幸せ感に満ち溢れることもありますが、往々にして苦境に立たされたり難問にぶつかったりするものです。そしてその解決が難しいとなれば、それがずっと続くような思いになってしまいます。

そうなると益々落ち込んでしまい、夢も希望も持てなくなったという人も多いのではないでしょうか。

でも時間が経ってみると、あれだけ難しいと思っていた問題が解決したという人も多くいます。そんな人は必ずと言って良いほど「あの苦しい体験があったからこそ今の自分がある」と言います。

苦境や難問を、自分の人生に必要なものであったと肯定的に受け止めているのです。

このことは、私の体験から言っても、問題を肯定的に受け止めることは人が生きていく上で非常に大切なことだと思っています。

私がヘアースタイリストになったのは、家庭に事情があって父が勧めてくれたことがきっかけです。普通なら中学校を卒業する年代は、まだ我が儘な自分がいる年頃ですので、「親父の言うことは聞けるか」と反発してもいいわけです。

しかし私は、父の勧めを受け入れました。


父・泰治郎と母・ちゑの三男として、私は昭和二十五年六月十二日、宮城県本吉郡津山町横山（現：登米市）に生まれました。清く澄んだ北上川の近く、北上の山嶺を眺める山間にある私の故郷は、自然の尊さ、美しさを存分に感じさせてくれます。

そんなところで、小さい頃は随分と暴れまわりました。家族にとっては厄介だったと思いますが私は幸せでした。

父は当時の講道館の有段者で、厳格でとても厳しい人でしたが、反面、情に篤くとても優しさのある人でした。ですから親としてだけではなく、人としても心から尊敬しています。

母は穏やかで優しい人でした。傍にいると、いつも安心できる不思議な魅力のある人です。その両親ともすでに他界して故郷にはいません。

当時の家業は自然の恵みに支えられた林業でした。ですから現在の私の仕事とは、全くつながりがありません。

私は親友たちと同じように高校への進学を希望していました。ところが、家が裕福ではないのに加え、五人兄弟のうち三人が年子ということもあり、私の口から進学を希望するとはとても言えませんでした。

私は小さい頃から絵が得意で、よくコンテ画で県知事賞などを頂いていたので、父はそれを生かせる仕事を考えていたようです。それで私に美容の技術を身に付けたらいいと勧めてくれたのです。

今思えば、少ない情報の中でよく父は美容の世界を選んだと思います。そして私も父の勧めに対し、何の疑問も持たずに受け入れたことは、良かったと思っています。もしかすると、美容の世界を選択したのは、運命の導きだったかもしれません。

長兄は工業系（事業用ロボット）の営業マン、次兄はお寿司屋さんというようにそれぞれ違う職業に進んでいます。父は、私には今の仕事が私に適していると判断したのでしょう、さすがだと思っています。

父は、職業を選んでくれると同時に、私に生きる知恵を教えてくれました。

「自分にはこの道しかないと思ってやれ！　そうするとその道がお前を育ててくれ

る！」

旅立つ前の晩に、父が私に教えてくれた言葉です。いまでも大切な言葉として私の心に残っており、決して忘れることはありません。

さきほど厳しい父でしたと書きましたが、間違ったことをしたり、やらなければならないことをしなかったり、言い訳をしたりすると、思いっきり殴られたこともありました。家は貧乏であっても父は、こうして人としての道を踏みはずさないための生き方や、礼儀の大切さを教えてくれました。

その一つ一つが懐かしい思い出であり、人生で一番大切なことを教えてもらえたと思っています。今になっては叱られたのではなく、叱っていただいたというのがわかります。

私にとって、これほど素晴らしい財産はありません。本当に有り難く、ただただ感謝です。という家庭で育ち、私は中学校を卒業して昭和四十一年に上京しました。

埼玉県の岩槻市で中華料理店をやっていた従兄の紹介で、父の勧めに従ってヘアーサロンに勤めたのです。

ヘアーサロンに勤めた以上は、資格を取らなければお客さまの髪を切ることはできません。それで埼玉県高等理美容専門学校（昼間部）に入学しました。

これが私のヘアースタイリストとしての出発点です。

何もわからずに入った世界ですが、私に合っていたのか、今でも同じ仕事をしていることを考えると、美容の道が私を選んでくれたのだと受け止めています。

## 講師の華麗な手さばきに惚れ込んでしまった

埼玉県高等理美容専門学校を卒業して間もなくの頃、高校に入学した同級生が大学に行く話を耳にするようになりました。中卒の私にとって、理窟ではなく感情として「なんか差がつくなあ、それでは同級会には行き辛くなるなあ」という思いが出てきたのです。

急に、自分が惨めになっていきました。（決して恥ずべきことではないのに……）

こういう時、落ち込んでしまうのが普通だと思います。しかし落ち込んでしまうと、益々自分が惨めになってしまい、何の解決にもなりません。

その点私は、非常にラッキーな性格があって助かりました。どういうわけか私は、プラス思考の持ち主なのです。「このままでは埒が明かない、何か自分でも自信が持てるような何かが欲しい」と思えたのです。

ちょうどそんな気持ちになっていた頃に、ディーラー主催の講習会があり、先輩より「行って勉強してきなさい」と言われたのです。

これに参加して私は、ヘアースタイリストとしての覚悟が決まりました。それほど私にとって、この講習会は刺激的でした。

蝶ネクタイをしてタキシード（だったかどうかは定かではないのですが）を着た講師が、とにかく恰好良く仕事をするのです。それを見た瞬間、私は、「わー、恰好いいなあ」と、惚れ込んでしまったのです。

当時の理容師や美容師は、長い白衣を着て仕事をするのが普通でした。その白衣の丈（たけ）がようやく短くなってきていましたが、蝶ネクタイで仕事をするなんて想像もできない時代です。

私にとって、まさに高嶺の花です。だからこその憧れもあったと思いますが、講師の華麗な手さばき、技術に見とれてしまったのです。

　講習が終わりにさしかかり、再度講師の紹介がありました。そこで初めて「第二代全日本綜合チャンピオン」という言葉を聞いたのです。

「えっ、チャンピオン、チャンピオンってなんて凄いんだ」と、チャンピオンの魅力に頭がいっぱいになりました。もう居ても立ってもいられません。講習が終わって、すぐに先生の所に飛んで行きました。

「先生、全日本綜合チャンピオンって、何のチャンピオンなんですか」

「技術コンテストのチャンピオンだよ」

「技術コンテストというのがあるんですか」

「そう、コンテストがあるんだ。興味あるか」

「はい」

「そうか。若いのに感心だね。教えているところがあるはずだから、いろんな研究会に顔を出して勉強してみなさい」

　と、有り難いアドバイスを頂いたのです。

　その時の講師は、髙橋秀二（ひでじ）さんという先生でした。

私が東京に出てきてから二年目、十七歳のインターン時代の頃の話です。国家試験はインターンを終えてから受験しますので、まだ一人前のヘアースタイリストとしての国家資格を得ていない時です。

## 先輩の紹介で志賀和多利先生のお店で働き始める

講師の恰好良さに惚れ込んでしまった私は、なんとしてもコンクールに出てチャンピオンになりたいという思いを抱くようになりました。

まだ国家資格を得ていない私にとって、野望とも言える夢の挑戦です。チャンピオンになるために、独自で勉強をし、練習を始めました。

そんな時、たまたまですが勤めていたお店が閉店ということになったのです。スタッフがお店を辞めて独立するので、国家資格もまだ持っていない、ひよっこの私一人ではやっていけないので閉店するというのです。

店を辞めて独立するという先輩に、金子義昭さんがいました。金子さんは私より十歳くらい上だったと思います。耳の不自由な人でしたが、技術は非常に上手でした。お客さまとのコミュニケーションがあまりうまくいかないので、お客さまとギャップが生じてしまうことが時々ありました。それでその輔佐役を私がしていたので、金子さんは私を置いていくのが心残りだったのではないかと思います。私に声をかけてくれたのです。

「オーナーが店を閉めるということだけど、おまえどうする」

「どうしていいのか困っているんです」

「どういうところに行きたい」

「コンクールで自分は絶対に優勝したいから、そういうことを教えてもらえるところが本当はいいんだけど」

「私も尊敬している先生がいるよ」

と紹介を受けたのが池袋の志賀和多利（わたり）先生のお店でした。それがご縁で志賀先生のお店に勤めさせていただくようになりました。

出会いの人生学ではないですが、私はこのタイミングで素晴らしい師匠に出会うことができたのです。運が良かったとしか言いようがありません。

志賀先生からは基本を厳しく教わり、今、私がこうして執筆することができるのも、志賀先生のお陰さまと、心から感謝しています。

## 東京大会・競技部門全部一位を獲得（十八歳）

志賀先生のお店に移ってから、何がなんでもコンクールに出たいと頑張っていると、時々先生から「（コンクールに）出たいか」と聞かれました。

「はい。出たいです」と答えると、その時は、「そうか」と言ってもらえるだけでした。

そのように声をかけて頂けるだけでも、私には励みになり、更に頑張ってコンクールに出るための勉強に励みました。

コンクールは支部大会があって、それに勝ち進むと地区大会（東京都内が幾つかのブロックに分かれている）に出ることができます。幸いに東京大会に出させてもらい、競技部門の全部を一位（優勝）で勝ち進むことができたのです。

そのコンクールには、志賀先生の指導を受けていた先輩も何人か出場していたのですが、その人達は入賞できなくて、私が優勝してしまったのです。それで志賀先生から、直接ご指導をいただくようになりました。

志賀先生は、ヘアーコンクールの全国大会で二位か三位になっておられ、なんとしても私を一位にしたかったのだと思います。

そういう期待があって先生からは、技術のみならず、未来のこと、礼儀の大切さ等々いろんなことを教えてもらうようになりました。それが本当に有り難く、私は我武者羅に頑張って練習を続けました。

今にして思えば、その時の修業が、結果的に理容師として、そして美容師としての私を生涯にわたって支える基本になっています。

志賀先生は美容室の経営にも優れ、美容師としての感覚も鋭く、新しく流行を作るのがお上手で、全国で開催されていた講習会の講師としてもよく呼ばれておられました。志賀先生との出会いは、私の人生をプラスの方向に大きく変えることになりました。本当に有り難く、感謝を忘れたことはありません。

こういう先生に出会えるのですから、私は運が強いのです。

## 国家資格がないまま全国大会のコンクールで第三位に

志賀先生と出会い、優秀なヘアースタイリストの人達との出会いもあり、私はＤＨＫという研究会に入会し、そこでコンクール会場で知り合った同じ匂い？　のする子雀同士が集まり、サンセット倶楽部（陽が落ちてから活動するから）をつくりました。

一本のトロフィーを目指して、「子雀から絶体に大鷲になろう！」という目標を立て、お店での仕事が終わってから練習を繰り返し、お互いに切磋琢磨するようになりました。

リーダーは昭和五十三年全国大会優勝の年長者である後藤弘貴、メンバーは第十二代全日本綜合チャンピオンの伊藤栄、ＤＨＫ講師の安斉寛二、そして私でした。後に、全国国際大会基本部門優勝の安藤実が合流しました。

お互いが良い刺激になって本当に頑張りました。

ですから当時の貴重な体験が一番懐かしく、今でも大事な仲間であることには変わりがありません。今日あるのもこの仲間、親友たちのお陰であると常に感じています。

また、私たちに強い影響と希望を与えてくれた、第七代全日本綜合チャンピオンの田中将隆先生には、大変お世話になりました。

私はいい人達に巡り合えて、本当に幸せ者なのです。


昭和四十五年、東京大会で一位（優勝）をとってから、入賞者（三位以上）と一緒に全国大会に出場することができました。

それまでのコンテストは、ミディアムカット部門、ブロースカット部門、スカルプチュアカットクラシカル部門だったので、私はスカルプチュアカットクラシカル部門で出場する予定でした。

ところが私が出場した全国大会から、ミディアムカット部門とブロースカット部門が無くなり、フリースタイル部門、レディースカット部門ができたのです。

フリースタイルですから、要は何をやってもいいわけです。私は自分の感性を活かすのは「これだ」と思ってフリースタイル部門（当時発表されたニューライン部門）に出場したのです。

その結果、私は最年少で第五位に入賞することができました。上京して四年、十九歳の時でした。

翌、昭和四十六年には、田中先生が私たちの目の前でＤＨＫ初の全日本総合チャンピオンに輝き、私は我がことのように感激したのを、昨日のことのように覚えています。

この年、私は全国大会にて第三位に入賞しました。素晴らしい仲間に囲まれ互いに目標に向かって、青春時代をまっしぐらに駆けていた時代です。

この時のことは、特別な出来事もあって特に思い出に残っています。

最年少で、全国大会において第三位の入賞ですから業界誌も驚いたのでしょう。

「今後の課題は何ですか」と聞いてきたのです。

「多分、国家試験に合格していると思うので、国家資格を通ったら技術者としてばりばり働きます」と答えました。

「はあ？　？　？……国家試験をまだ合格していないの？」

「はい……」

業界誌の方は、本当にビックリしていました。

国家資格がないままに全国で第三位になったわけですから、「そんなことがあるのか」と不思議に思われてしまったわけです。

それが問題になって、現在は出場する条件に国家資格を得ていることが付け加えられています。


志賀先生とはその後も縁が続き、先生が闘病中にもなるべく時間を作り見舞いにかけつけていました。そして結果的に私が先生の死に水をとらせて頂くことになったのです。

四国で活躍されておられる医師の丹羽幸三先生という方が開発された、天然の抗酸化剤（SOD食品、AOAアオバ社）を私が持っていくと、志賀先生は嬉しそうに飲んでくれました。抗癌剤の副作用が出なかったようです。

## 結婚と同時に自分達のサロンを持つ

昭和四十六年は、私にとって忘れえない年でもあります。それは人生の伴侶、妻と出会うことになったからです。妻の旧姓は石川美恵子、第七回理美容の祭典〝ミス・スタイリスト〟です。

理美容の祭典から一週間後、私は赤坂で、その年のゲストアーチストである世界チャンピオンのベルナーロ・モラロ氏のテクニカルセミナーを受講しました。その会場に彼女も来ていたのです。

私は彼女の情報は全く知らず、話をしたこともありませんでした。当日は確か地下鉄がストだったと思います。セミナーが終わって駅に行くとその周辺はごった返しの状態でした。私がタクシーをようやくつかまえ乗ろうとした時、「どうやって国鉄線（今のJR）まで行ったらいいですか」と聞いて来たのが彼女だったのです。

「途中まで一緒に行きましょう」とタクシーに乗り、話をしたところ彼女は仕事を覚えたいと言っていました。その時はそれだけで別れました。私はコンクールを目指している話などをしたことをうっすら覚えています。

その後、志賀先生のサロンで、先生が教えてくれたことを次週までにスタッフたちだけで復習するという自主練習があって、「ああ、そう言えば彼女……仕事を覚えたちと言っていたなあ」ということを思い出し、一緒にやってみないかと連絡をし……彼女と付き合いが始まりました。

そして昭和四十七年二月十日、大雪の日に結婚式を挙げました。

いい先輩、友人や仲間に恵まれて私は幸せな日々の中で、チャンピオンを目指して練習のエンジンを全開モードに入れました。

結婚と同時に、埼玉県の南与野に自分達のサロンを持ち、お店の名前を「おしゃれサロンみやま」と名づけました。その場所は、少しは家が建ち始めていましたが、まだ道路は舗装されていない、夜になると車さえ通らない所でした。

雨になると泥がはねて入口のドアは泥だらけになってしまいます。それを洗車用のブラシで洗ってから開店です。天気が良いと今度はホコリが立ちます。下水の水を道路に撒かなければなりません。

その場所は、今では南与野の駅前という立地になっています。

東北新幹線ができるという話が出てきて、地元で反対運動が起こりました。それをなんとか認めてもらいたいと、ＪＲは抱き合わせで通勤線を通すという条件を出してきたのです。

その当時は北浦和まで歩いて四十分くらいかかっていたわけですが、近くに駅ができるということで、反対運動が賛成に回り、今ではすっかり便利な場所になりました。

お店には、カット椅子を四台入れました。自分達の初めてのお店です。自分達のお店が持てたことで、不安よりも希望が大きかったと記憶しています。

そして、新しい命も授かり益々張り切ろうという思いになっていました。

ところが………

## 長男、生後四日目で開腹手術（計十九回）を受ける

昭和四十七年の十二月五日、待望の長男が誕生……本当に嬉しかったです。

ところが、誕生してまだ四日目なのに、長男の異変が知らされたのです。好事があればその真逆もあると言葉では知っていました。それが我が身を襲ってくるとは、もう茫然失意、血の気がなくなりました。

産婦人科に朝早く呼ばれ、手渡されたのが保育器に入った生後四日目の我が子です。話を聴く間もなく待っていた救急車に乗りました。朝の八時三十分頃だったと思います。

ところが、どの病院、どこの病院に行っても受け入れてもらえないのです。次々と断られ、途方に暮れかかっていたころ最後に辿り着いたのが川口市の済生会病院でした。もうすでに夕方の五時三十分を回っており、九時間も救急車に乗ったまま受け入れてもらえる病院を探していたことになります。

そのことが良かったのか、運よくそこに順天堂病院の駿河教授がおられたのです。駿河先生の診断で、即、順天堂病院に行くことになりました。一刻も争う容態なので夕方は道が混むと判断された駿河先生が救急車ではなくパトカーの出動要請をかけ、パトカーで一緒に順天堂病院に向かったのです。

駿河先生は小児外科を創った後、名誉教授になられた先生であり、先生との出会いは天が与えてくれた救いの手だったとしか思えません。

病名は「ヒルシュプリング氏病」という、生まれながらに大腸の便を送り出す神経が無いという病気です。「ヒルシュプリング氏病」というのは、この病気を発見したドクターの名前です。

入院一年半の間に開腹手術が十九回、全身麻酔が二十一回、大変な有様でした。この回数はいまだに順天堂病院の記録だそうです。同時に、私たちにとっては苦しみの連続でもありました。

当時、まだ育成医療制度や育成保護制度がなく、まともに請求書が十日おきに来るのです。当時のカット料金が一〇〇〇円前後だったと記憶しています。

その時代に九〇万円とか八〇万円とかの金額の請求書が、父とは言え二十二才の若輩である私に来るのです。妻はそんな状態だったので産後の日だちも思わしくありませんでした。

## お世話になった警察官、長男に奇跡が……

埼玉県警浦和署の独身寮が私達のお店である「おしゃれサロンみやま」の近くにあって、若い警察官のみなさんに本当に助けられました。まだ髪の毛が伸びていないのに、「分からないようにパーマをかけてください」と言ってくれたり……思い出すと今でも涙が出てきます。

長男（明）が埼玉県警の警察官募集ポスターのモデルになった時の写真（輸血のリレーが生んだご縁）

そして、子供が手術で輸血が必要というと何人も警察官が腕をまくって病院に輸血に駆けつけてくれました。当時の輸血は生血だったのです。本当に助けられました。

それが縁で長男は、小学校一年生の時に少林寺拳法の道着を着て警察官募集のポスターのモデルにもなりました。

そうした沢山の人の協力を得ながらも、何度となく、「もう手は尽くしました」と、担当医から言われていたのです。

そんな折、息子に奇跡が起こりました。その奇跡を起こしてくれたのは、本人の生命力もあるとは思いますが、当時の担当医の高橋助教授でした。

私たちと同じくらいに結婚し子供の年も同じくらいの高橋先生が、いよいよ手の施しようがないとなった時に、「最後くらいお風呂に入れてあげたい」と言って看護師たちの反対を押し切って菌だらけ？のお風呂に入れたのです。

長男は、人工肛門から噴き出す自分の腸液で、自分のお腹の周りの皮膚を溶かし、穴が開いてしまっていたのです。

風呂に入った翌日から、なんとみるみるその穴が塞がり、結果的に数か月後に、最後の直腸に繋げる手術ができたのです。まさしく奇跡が起きたのです。

これもまた、天が与えてくれた救いの手だったと思っています。

——この時の長男のカルテが、この病気のその後の手術治療のマニュアルになっていると聞いています——

それにしても十日おきに来る請求書は恐怖でした。と言って田舎の親には頼れない、妻もまた母親には頼れないという思いがあったので、二人でやるしかありませんでした。ですから、私も妻も覚悟が違いました。

私も妻もある意味、運よく当時〝ヘアースタイリスト〟という手に技術（職）を持って、小さなヘアーサロンを経営していたので、お客さまがいる限り何時までも働くことができたのです。

「どうってことはない。命までは取られない」

長男の大病で、己れの生き方を真剣に見つめることができました。

## 更なる災難が、なんでこの子だけに……

長男が一年半で退院してきて、やれやれと一安心していた三歳の時です。私の技術を習いたいと来ていた内弟子が、ゲイラという三角の洋凧を持って、河原へ凧揚げに子供を連れていってくれたのです。

その凧は、ゲイラという会社が販売している三角形のビニール製の凧（カイト）の商品名です。楽しい凧揚げになるはずが、悲劇を生んでしまったのです。

その日は風が強い日でした。私は現場を直接見てはいないのですが、話を聞くと、上まで揚がった凧がグルグル回りながら急降下してきたので、長男がそれを追いかけて行ったら、その凧の角が長男の左目に直撃したというのです。

呼ばれて急いで現場に行ってみると、長男の左目は卵を割ったように白身の中に黒い目玉が見えました。

「わっ!!」っと、もう驚きの声も出ない衝撃が全身に走りました。

タオルで押さえて、北浦和の中央病院にとび込みました。治るどころか眼球を取るしかないという診断でした。

「同じ取るにも納得できる医者にとってもらいます」

妻は、これから順天堂に行きたいとはっきりと医師に伝えていました。

私はというと、もうガタガタ状態になっていて、順天堂に行くと言っても、とても平常心で車の運転などできる状態ではありませんでした。こういう時の母親は肚が座っています。母親は病院に「パトカーを呼んで下さい」とお願いしました。

パトカーが来てからの会話です。

警察官「どうしましたか」

妻「子供が事故で目に大怪我を負っています。先導をお願いします」

警察官「はい。ご主人が運転されるんですね。ご主人、付いてこられますか」

私「自信がありません」

警察官「えっえー」

私の返答に困った警察官が、「私が子供の状態も見ていますのでパトカーの後ろに乗って下さい」

ということで、息子と妻はパトカーで順天堂病院に行きました。

順天堂病院では、眼球は取らないという診断でした。

「眼球を取ると、成長の過程で顔が変形してしまいます。ただ失明は失明だから残っている眼球に同じようなものを入れて縫合します」

という説明でした。その上に義眼コンタクトを載せると、本物のように動きます。

しかし実際には左眼は見えていません。

大病と大きな事故。長男だけに、なんでこのようなことが起きるんだろう、と思いました。そういう時にやってくるのが新興宗教の勧誘です。何度も誘われましたが、「ウチは昔からの仏教です」と断り続けました。

息子は小学校に入って普通の子供と同じように成長してきました。でも、義眼やお腹の大きな手術の痕があったこともあっていじめに遭ったりしました。

中学生になっても、そのいじめはなくならず、更に酷くなりました。どうしようかと困っている時に、顔なじみになったお客さまに相談したら「任せて下さい」と引き受けてくれました。当時、翔塾という学習塾を主宰されていた菅家一比古先生でした。

この先生のお陰で本当に救われました。私など、どうしようかと躊躇していると、すぐに学校に行って現実を伝えてきてくれるのです。時には家まで校長先生を連れて来てくれました。

やはり悩んでいるだけではなく、解決に向けて行動することがいかに大事かを教えてもらいました。

菅家一比古先生

## 子供二人が美容師に、そして私も美容師に

私達夫婦には、長男〝明(あきら)〟と次男〝臣(じん)〟の二人の子供がいます。二人とも美容師を目指し、高校を出てから資生堂美容技術専門学校に通いました。私が日本一になってから資生堂のインストラクター教育をやっていたことで、この学校と縁があったのです。

長男〝明〟は美容師になり二十五歳の時、修業先のサロンから「エクセル杯」という、ファッションと最新のテクニックを競うコンクールでシルバーカップを獲得し、祖母の首にメダルをかけてくれました。その時は、辛い時期も思い出され我が家に感動の渦が巻き起こりました。

現在（平成三十年）、四十五才になり、元気で過ごしてくれていることに私たち夫婦、いや家族にとって天に感謝しかありません。

そして、現在、私もトレーナーをしていますが、先輩トレーナー・鈴木博兄が開催

している、SEE四十七期を卒業しています。

次男〝臣〟も美容師としてスタートし、長男がシルバーカップを獲得してから二年後、ミルボン社が主催するファッションヘアーコンテスト全国大会でモード賞を受賞し、またまた我が家に感動のニュースが届きました。

当時、フランスからやってきた化粧品会社の、ロレルを使うロレルサロンは美容師の憧れでした。ロレルの商品を使っているということがブランドだったのです。

ミルボンは後発の会社です。業界トップを目指し、若者が憧れる様な、ショー形式のコンテストを開催したのです。

そこで若きカリスマ美容師のスターをつくるという願いを込めて、全国規模のコンテストがあり、次男も挑戦したのです。

運よく地区で勝ち抜いた次男は、大阪ドームでの全国大会に臨みました。

このコンテストには一位、二位という順位はありません。八人の審査員がいて、それぞれの審査員の賞があるのです。

ですから全国で賞をもらう選手は八人しかいません。

その一人に次男は選ばれたわけです。

次男は現在、腰を痛めた兄から代表取締役を引き継ぎ社長として私達のお店の経営に頑張っています。

**長男「明」がモデル**
ピンナップヘア創作のポイント
オータムファッションと”魅力”について
デザイン：佐々木たいめい
『理美容業界誌』90 年9月号

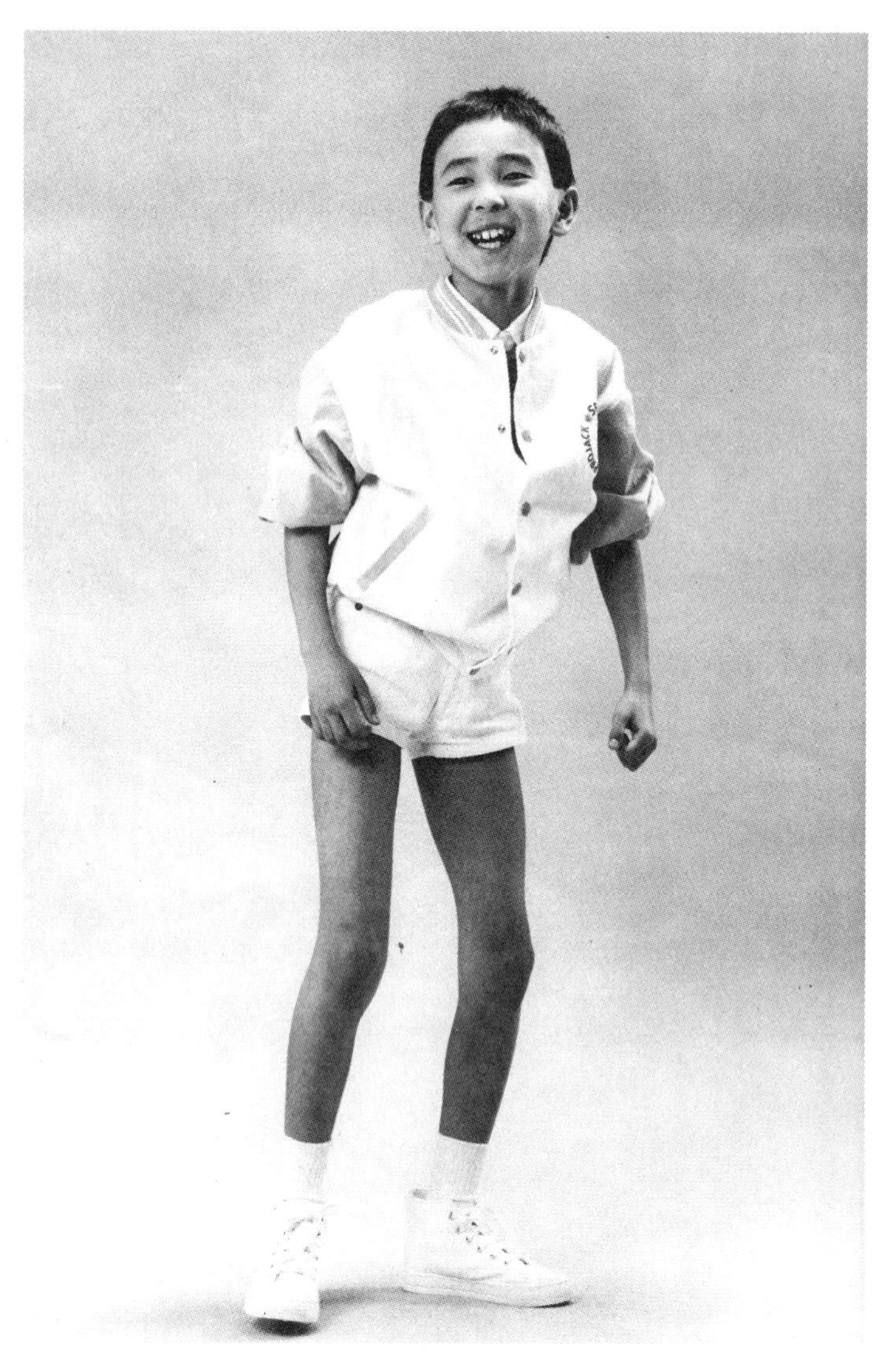

**次男「臣」がモデル**

ピンナップヘア創作のポイント
スパイキーなジュニア・スポーツ
デザイン：佐々木たいめい
『理美容業界誌』85 年 5 月号

# 第二章

## 第十四代全日本綜合チャンピオン誕生物語

**佐々木たいめい 画 「創世」130号**

第56回 三軌会入選作品

## 「うちのパパ、本当は日本一になれるんだ」

一九七八年度、全日本理美容総合技術選手権東京国際大会、一九七八（昭和五十三）年五月十五日、東京・品川のホテルパシフィックで開催されました。

いよいよその競技結果の発表です。

「一九七八年度、全日本理美容総合技術選手権東京国際大会・第十四代総合チャンピオン・佐々木たいめい選手！」

私は思わず両拳を頭上で握りしめ、ガッツポーズをとっていました。

軽々と持ち上げていたはずのチャンピオンズカップは、後で持ってみるととても片手では持ち上がりません。それほど感激して火事場の馬鹿力が出たのだと思います。

昭和四十六年に全国大会で三位になってから、第一章で述べたように、長男の大病で、とてもコンクールに出られる状況ではありませんでした。

それが冒頭で述べたように、全日本理美容綜合技術選手権大会で第十四代綜合チャンピオンになるなど復帰を果たしたことで、「何で復活したんですか」とよく聞かれました。

その最初のきっかけは、我が子のひと言です。

ある日、幼稚園に通っている長男が、友達に「うちのパパ、本当は日本一になれるんだ」と言っていたのを偶然聞いたのです。

「そうか。本当は日本一になれるということは、自分はまだ日本一になっていないんだ」と思いました。そこから、「日本一」を意識するようになりました。

そしてもう一つ、やはり長男がそのきっかけを作ってくれました。

凧の事故で左目を失明した長男は、目に義眼コンタクトが入り元気になってきていました。お客さまより少林寺拳法に子供を通わせてみたらと勧められたのです。

道院を訪ねて、私は少林寺拳法に不思議な魅力を感じ親子での入門を決めました。子供共々苦境に遭ってきたこともあり、子供に自信を持たせたい、私自身も逆境に打ち勝てる人間、そして父親になりたいと考えたのです。

家族を守ってあげられるのは自分しかいないという自覚が、自らを厳しく鍛え直したい欲求となって激しく湧き上がり、長男と一緒に日本傳少林寺拳法の最高の実力者である中野益臣先生の門下生になりました。

中野先生のお話しをお聞きしながら、必死で生きようとする私の思いが天に通じた思いがしました。

「自分だけ強くなりさえすればいいとか、その為の技を習いたいとか、そういう自己の意識は少林寺では無用です。少林寺は禅宗なので座禅行と易筋行の中にある修行法の一つです。根本は利他の精神で自分を厳しく鍛え、人から信頼され、人に正しい影響を与えられるような人間となることです。半分は他人の幸せを考えられる人間、自他共楽の世界を実現するための手段として修業をしてください」

と優しく諭してくださったのです。私は、足の先から頭のてっぺんまで電気が走ったような感覚を今でも覚えています。

私は中学時代、柔道をやっていたこともあってか、少林寺拳法にもなじみが早く、練習にも打ち込めました。いつのまにか、全国大会のメンバーに選ばれたのです。

この時もそうですが、自ら希望したわけではないのに、次のステップに向けて「やってみませんか」という声がかかるのです。こういう場合、それを素直に受けて挑戦するようにしていますので、全国大会に出ることを承諾しました。

その与えられたチャンスを生かすために、私は何においても頑張ります。すると、周りの人から「なんでそんなに頑張ることできるんですか」とよく聞かれます。それは、やはり選ばれた者の役割だと思うからです。

代表に選ばれたからには、頂点を目指して頑張るのが人間として当然と思うのですが、実は、そういう生き方が私には合っているのです。

「二番でいい訳がない、なるなら一番」と思うからです。

全国大会に出るということで、練習にもスイッチが入り、優勝を目指して努力しました。習い初めて二年、二十五歳の時に関東大会に出て勝ち上がり、そして日本武道館で開催された少林寺拳法全国大会で、一般男子団体の部で最優秀賞（優勝）に輝いたのです。

この時にちょうど次男が生まれました。少林寺拳法の宗 道臣管長の教えを中野道院長を通していろいろ教えて頂き尊敬もしていましたので、先生から〝臣〟の字を頂き、ジン（臣）と付けました。そのご縁で次男も二歳から門下生になりました。

人間ドックで、今年四回目をむかえた恒例の事業でもある。
内容は十項目からなる検査内容で、肝臓、腎臓、糖尿病、心臓、胃、十二指腸、血圧、その他の異常、などについて精密に検査するもので、受診者の資格は、四十歳

# 〝真の強さ〟学ぶ……少林寺拳法

私の趣味 ㊹

東理同組新宿支部
理容室「デボネール」
佐々木たいめい氏

〝少林寺拳法〟といえば、いかにも眉間にシワを寄せ、強固な肉体を想像してしまうのだが――。

以外にも、長身でスマート、表情はおだやかで、話し方も相手を包み込むようにやさしい。

「そういえば、少林寺拳法を習い始めてから、仲間に表情がおだやかになったなんて言われましたね。なんか、こう自分自身でも生き方が変わってきた感じなんです」

十年前、お店のお客様から、少林寺拳法の権威である中野益臣氏の話を聞き、早速、当時三歳の息子さんや近所の子供たちを引きつれて「埼玉中部道院」へ入門。

「健康を目的に始めたのですが、私自身、学生の頃から空手や柔道など格闘技が好きでしてね。それに、少林寺拳法は、柔法（投業など）、剛法（突き・けり）が取り入れてあり、いわば格闘技の基本的なものです」

三段の段位を取得して道場通いをやめたそうだが、昭和五十年に舞道館で開かれた「少林寺拳法全国大会」・団体演武で日本一に輝いた。

「道場には、三百人の有段者がいましたが、そのうちの十二人が選手に選ばれたんです。今でも大会の緊迫感あふれる雰囲気は忘れることができません」

また、二段の頃から、年少部の指導を担当し「教えることの修業もつんだ」とも。

「道場では、少林寺拳法のけいこのほかに、法話の勉強時間がありましてね。正義感、礼儀作法、道徳感など釈迦の教えを説くんです。そして、昇格するには法話の筆記試験と実技に合格しなければなりません。だから、ボケーッとなんかしてられないんです。とにかく、ただ強くなればいいというのではなく、生きていくうえでの真の強さとか、根性を学びましたね」

今でも、週に二回は近くの公園に行き、少林寺拳法で身体を鍛え、法話で得た数々の教訓を生かし㈱ドムの教育部門で手腕を発揮している。

……編集部からのお願い
お知り合いで趣味及び特技をお持ちの方をご紹介ください。自薦他薦を問いません。
TEL（444）三七七五

新聞に紹介された、私のもう一つの修業「少林寺拳法」
（昭和 58 年）

そうした少林寺拳法の頑張りを見ていた美容師仲間から、「少林寺拳法で優勝するくらいだったら、全日本総合チャンピオンに再挑戦してみたら」と言われたのです。

素直な私は、それもそうだと思いました。というより、実は私の血が騒いだのです。

それで理美容のコンクールに再挑戦することを決めました。

これも自らが決めたというより、人に言われて決めたことになります。

現在は道院には通ってはいなくて段位は当時の三段のままですが、少林寺拳法は紛れもなく私の今の人生に強烈な影響を与えてくれています。

## コンクールに出るため徹底して練習を再開

コンクールに再挑戦するためには技術の練習はもちろん大事ですが、それを表現するモデルの選定も非常に大事ですので、そちらの面にも気を遣いました。

池袋での修業時代には、日大の芸術学部の学生達をモデルにしてやっていました。

たまたま、志賀先生のサロンによく来てくれていた日大芸術学部でクラブの部長がいたのです。

「何をやっているんですか」

「役者を目指している」

「じゃあ、ちょっと恰好いい人を紹介してよ」

「何するんですか」

「ヘアースタイルのコンクールがあるので、そのモデルに使いたいんだ。バイト代（今なら五〇〇〇円くらい）を出すよ」

「本当に！　髪の毛を切ってもらってアルバイトになる。喜んで来ますよ」

ということで毎日誰かに来てもらっていました。

その中から、本番のモデルを選んでコンクールに出ることができました。

練習するには、人の頭を使うのが一番適しています。しかしそのためには誰かに頼まなくてはなりません。それはそう簡単ではないので、今は初期においてはウィッグ（かつら）で練習しています。

人の頭は、つむじがあることで右側と左側の髪の毛の流れが違っています。それで同じように髪の毛を整えたつもりでも、思ったようにはならないのです。左右のクセを計算してやらなければならないわけです。これも練習で克服していきます。ですから練習は人の頭がいいのです。

道具も大事になってきます。

志賀先生は、「自分の鋏は自分で砥げ、無い器具は自分で作れ」とよく言われました。先生の持っているハサミは、例えば作者の銘が刻まれていたとしても、それが見当たらない。磨き込んでいるので銘が無くなっているのです（研磨は研いで磨くと書きます）。いいハサミだと思って自分も買おうと思っても銘が分からない。どこのハサミかがわからなくなっているのです。

先生のハサミをお借りして使わせて頂くと、普段自分が使っているハサミと全然切れ味が違うのです。普通のハサミで髪を切ると、切られた髪は飛びます。そのために顔中が髪の毛だらけになりがちです。

先生のハサミで切ると、髪はストンと下に落ちます。

ハサミというのは親指だけを動かします。ハサミの下刃は動かしません。その下刃の刃角度がきついと毛が飛びます。ですからある程度刃角度がない鋭刃のほうが、切られた髪の毛は飛ばずに落ちます。

先生は我々には説明している時間がないので、とにかくいいから同じように砥げと言われました。教わったように砥ぐと、髪の毛は下に落ちます。

ということで技術を支える道具も非常に大事です。私は、夜、寝る時に道具を抱いて寝た程です。何の仕事でも道具を大切に扱わない人は、大成しないのではないかと思っています。

## 再挑戦は好成績が続くも一九七七年の全日本では綜合四位

カムバックしたのは一九七五（昭和五十）年の埼玉県大会でした。そこでレディス部門で優勝したのです。

それに引き続き、東京都レディスカットコンクールで優勝。

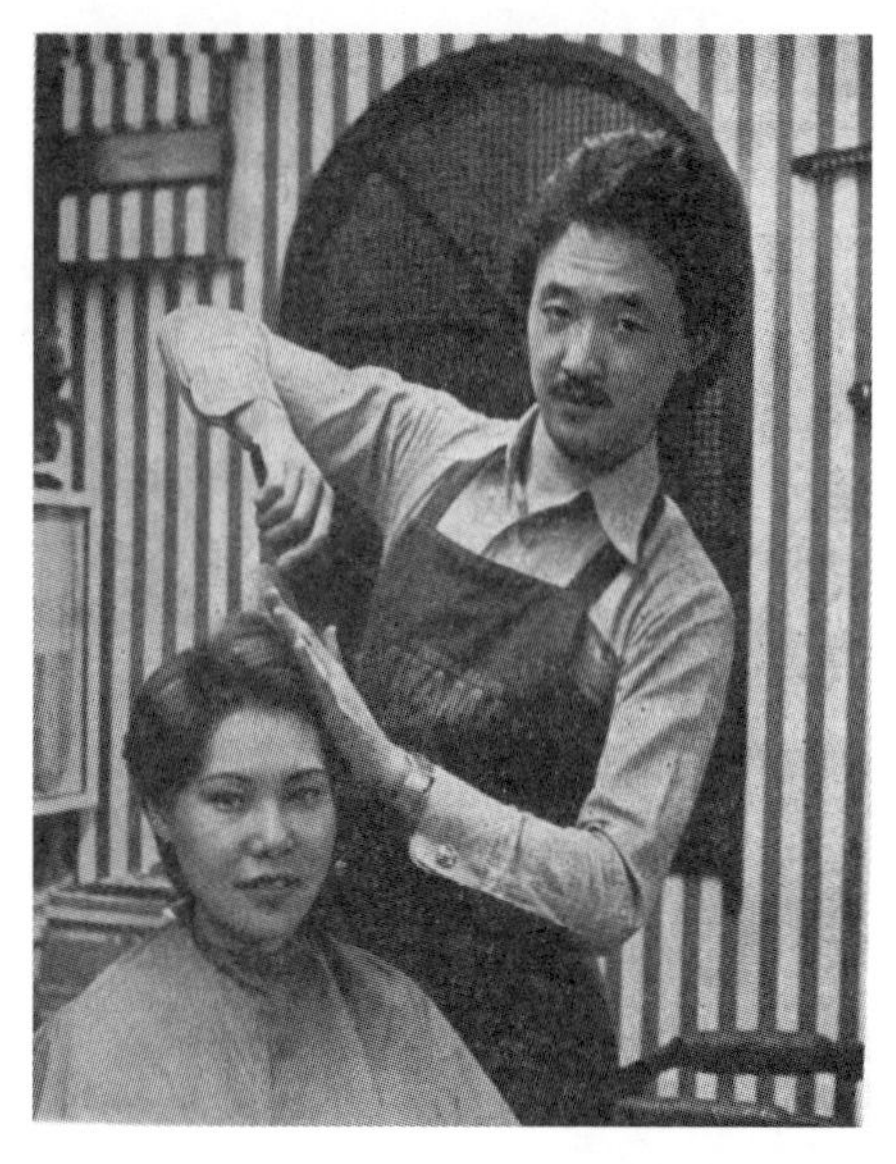

「第8回R·H·P·Cの各賞決まる！」として紹介された記事の中で、「最優秀賞を獲得した佐々木氏とモデルとして協力した美恵子夫人」と掲載された写真。

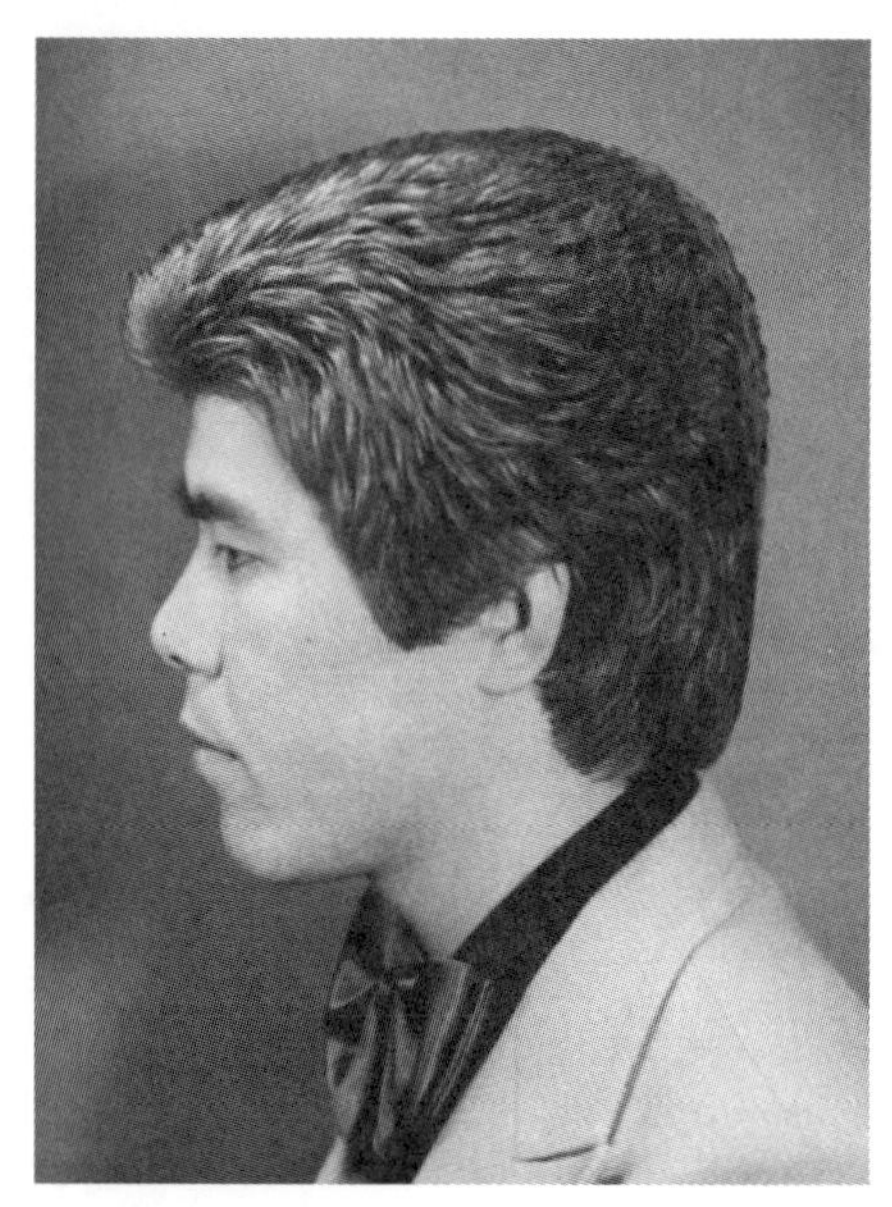

第8回R·H·P·C
メンズ・スタイル部門での入賞作品。

次には、ＲＨＰＣレディスチャンピオン。

さらにはＤＨＫ全国フェスティバルでインストラクターチャンピオンと、自分でも驚くほど驀進できたのです。

そして一九七七（昭和五十二）年、全日本理美容綜合技術選手権大会に出場することが決まりました。当然、綜合チャンピオンを目指しました。自分でも、その自信はありました。しかし結果は、優勝には届かず四位でした。

それが悔しくって、悔しくって、たまりませんでした。

綜合優勝した人は、私と同じ会に所属する仲間だったのです。私としては綜合優勝するのは自分だと心で決めていたので、本当に悔しい思いをしました。

周りの人も私が優勝すると思っていたのですが、負けは負けです。結果は結果として受け止めなければ、次に向けて力が出せません。

考えてみれば、自分が気づいていなかった敗因がいろいろあった結果なのです。それを探りながら、悔しさを乗り越えて、「来年こそ綜合優勝する」と誓って練習を再開しました。本当に寝る暇を惜しんでやりました。

全日本綜合では四位で終わったのですが、この年の全国ＤＨＫ納会の席上ではＤＨ

K大賞を頂いています。それが大きな励みになりました。

翌年の一九七八(昭和五十三)年の大会は、まるで私のために用意されたような大会でした。それは、「未来」を予想したフリースタイルがテーマになったのです。

今までは、全くのフリーだったのが、そこに「未来」という言葉が入ったのです。今までのフリースタイルでの戦いは、前の年に優勝した人のスタイルを参考にやるのが多かったと言えます。しかし「未来」が付いたことで、昨年のスタイルの参考では優勝できないということになったわけです。

当時私はロンドンにも修業に行っており、サッスーンカットというのを習っていました。サッスーンという人が、当時小さいハサミを使うブラントカットで彫刻のように創り上げる手法です。

それが流行して、パーマをかける人が少なくなり、我々の業界が不況に入った要因の一つと言われました。それほど流行したということです。

私は、サッスーンカットを夢中になって覚えて、この頃にはある程度カットだけでラインが創れるようになっていました。女性のスタイルはそのスタイルと、男性のスタイルはメッシュでの毛先の表現ということで、細かい毛束で流れを作っていく方法です。それを何度やっても同じようにできるようになっていました。今、考えても不思議でなりませんが、緊張してあがろうが、あがるまいが、体が勝手に動き同じにできるのです。

その努力が実って、私は予選を勝ち抜き、全日本理美容技術選手権大会に出場できました。私、二十八歳の時です。その時はドイツ系の女性モデルと日本人の男性モデルの二名を使いました。ドイツ人の女性はほとんど日本語がわからない人でしたが、何とかコミュニケーションを取りながらやりました。

## 一九七八年度全日本理美容綜合技術選手権大会に出場

いよいよ一九七八年度、全日本理美容綜合技術選手権東京国際大会です。一九七八（昭和五十三）年五月十五日、東京・品川の「ホテルパシフィック」で行われました。特別ゲストにハミルカットの須賀勇介氏が招かれていました。

五月というと青葉と初鰹を思い浮かべると思いますが、澄み切った青空を拝めるのは中々少ないものです。数日前の雨模様も吹っ切れ、この日は雲一つない快晴、まさに「理美容の祭典」のお膳立ても整ったという天気でした。

開会のセレモニーが厳かに進み、いよいよコンクールの幕が切って落とされました。自然さの中にモード性と華やかさを競うわけですが、それにプラスしてレディス部門では女らしさを、メンズ部門では男らしさが求められます。その二部門で綜合八位以上に入った選手がスピーチ部門に出場でき、チャンピオンはその三部門の綜合評価で決定します。

競技会場とは別にメイン会場では、華やかさあふれるショーが展開され、観客は魅了されていました。

私は会場のほぼ中央のカット椅子で「レディス部門」からスタート。四十分の競技時間の中で、いつもの練習通り三十二分で作品は完成しました。

周りを見てみるとまだ古いなと思われる作品や、カットが仕上げのスタイルと合ってない、特にカラーや衣装がトンチンカンに見える作品が目に付きました。

ひょっとしたらライバルになるのは、私が一緒に練習しながら指導してきた後輩たちかも……と思いながら、冷静に自分を見ている自分がいました。

得意とする彫刻的カットが完璧に切れた！

ブローは、アイロンを駆使しスイングさせた髪の毛先が風を感じるようにフェザータッチに仕上げることができた。

ドイツ人の十八才のプロモデル、Ｊ・Ｅ・シーツ嬢が、いい感じがわかるらしく可愛く微笑んだ。完璧!!

メンズ部門は、私が仕上げるのはメッシュ状の細かい毛束で、網の目のように空気感を感じるように後方へ流れるように仕上げました。

モデルは日本人モデル、友人で俳優の山中さん。やり慣れているので何の不安もない。バランス、仕上がり、空気感、毛先の方向性……。

自分の中では今までで最高の仕上がり！

もうここまでくると、アドレナリンがパンパン。

自分の中では完璧！

あとは綜合八位以上の入賞者の発表を待つばかりになりました。まずはチャンピオンになるには、ここに入っていないと駄目なのです。

発表！　あいうえお順に発表され、私も入りました。

「ヨシッ！」

後輩たちも三名入っていました。

スピーチは不得意ではないのだけれど、めったにないことで何だかメチャクチャ緊張してきたのを記憶しています。

それを感じた私が尊敬する研究会（ＤＨＫ）の会長が飛んできてくれて「たいめい、少林寺のチャンピオンがビビッてどうするんだ！　深呼吸して、三年前の武道館のど真ん中でスポットライトを浴びて優勝者演武をした自分を思い出せ！」と言われたのです。

最後に登壇して臨んだ
スピーチコンテスト

そのお陰で、スーっと落ちつくことができました（よく考えたら少林寺とヘアーのコンクールは全く別物なんですが……）。

スピーチは何故か私がラストで、この待つ間がいつもよりとても長く感じられました。やはり緊張のせいだったのでしょうか……。

## 涙と感動の表彰式。ディナーパーティで幕を閉じる！

最初に部門の成績発表があり、それに続いてメインである綜合部門の発表です。

綜合五位から発表され、表彰状が渡されます。四位、三位と発表、私の名前は呼ばれませんでした。そして二位の発表、まだ呼ばれませんでした。ここまでくるとチャンピオンか六位以下のどちらかです。

呼吸ができないくらいに緊張して、一位の発表を待ちました。

「一九七八年度全日本理美容綜合技術選手権大会第十四代全日本綜合チャンピオンは

……」

「誰だ、誰だ、私の名前が呼ばれるのか……」

……

「佐々木たいめい選手！」

思わず両拳を頭上で握りしめ、ガッツポーズをとっていました。

優勝カップを高く掲げている私。後で優勝カップを持ってみたら片手では持ち上らなかった。
写真提供：理美容教育出版株式会社

「メンズ部門」の作品

「レディス部門」の作品

祝福してくださる人の握手に応じ、もう、もみくちゃ状態でした。その中で、晴れのステージまでに至る遠さも感じました。やっとたどり着いたステージ、その裾には尊敬する斉藤孝DHK会長が待っていました。私は涙で会長の顔がよく見えないまま抱き合って泣いたのを今でもはっきりと覚えています。

念願の綜合チャンピオンの「チャンピオンカップ」を手にしたのです。

一年前、二年前、三年前……私が憧れの眼差しで眺めていたシーンが、今、私自身がその主役になっているのです。

コンクール生活十年目にして、権威ある全日本綜合チャンピオンとなれたのは、私の努力もありますが、私を支えてくれた皆さんのお陰と思って感謝しています。

## 全日本、パリ国際大会、東京国際大会で連続優勝

その年（一九七八年）の秋に、パリで理美容の国際大会「PARIS

INTERNATIONAL」がありました。

私は、総合部門に日本代表として出場し、結果、「ローズ・ドール（黄金のバラ）国際大賞を受賞（総合部門優勝）することができました。

フランスに吉野先生という尊敬する先生がおられ、その先生に指導して頂き練習を重ねてきましたので、できたのです。フランスには三か月間いて、モデルはフランス人を使いました。

## パリ大会観戦記

『理美容と経営』七八年の十二月号に信沢一次さんが観戦記を記している。

パリに来て六日目、日本選手数人が、吉野先生のサロンでトレーニングに励んでいた。理美容の祭典総合チャンピオンの佐々木氏、全連全国大会のブロースチャンピオンの山本氏、レディスチャンピオンの本田氏、そして紅一点の森本さん。トレーニングにも一段と熱が入っているようだ。やはり佐々木氏が日本選手のリーダー格となって、それぞれに素晴らしい作品を創っている。……

当日、選手、モデルが七時半、吉野氏のサロンに集まり、シャンプーを施してから会場に向かう。……

第一部はコマーシャルモードを競う。……佐々木選手はカットから始めていた。世界各国から出場した一〇〇人もの一流選手が競いあう大会で、堂々と落ち着いた競技ぶりを見せている。……

第二部は抽選モデルで競う。運、不運が大きいウエイトをしめる。……競技終了の合図とともに、モデルが一斉に立ち上がる。会場はわれんばかりの拍手でうまる。さすがに女性は、カラーリングや衣装が派手で、会場も、この頃から見物する人たちで一段と混雑してきた。

翌日は成績発表である。……

そして、「ローズ・ドール（黄金のバラ）国際大賞を受賞できました。

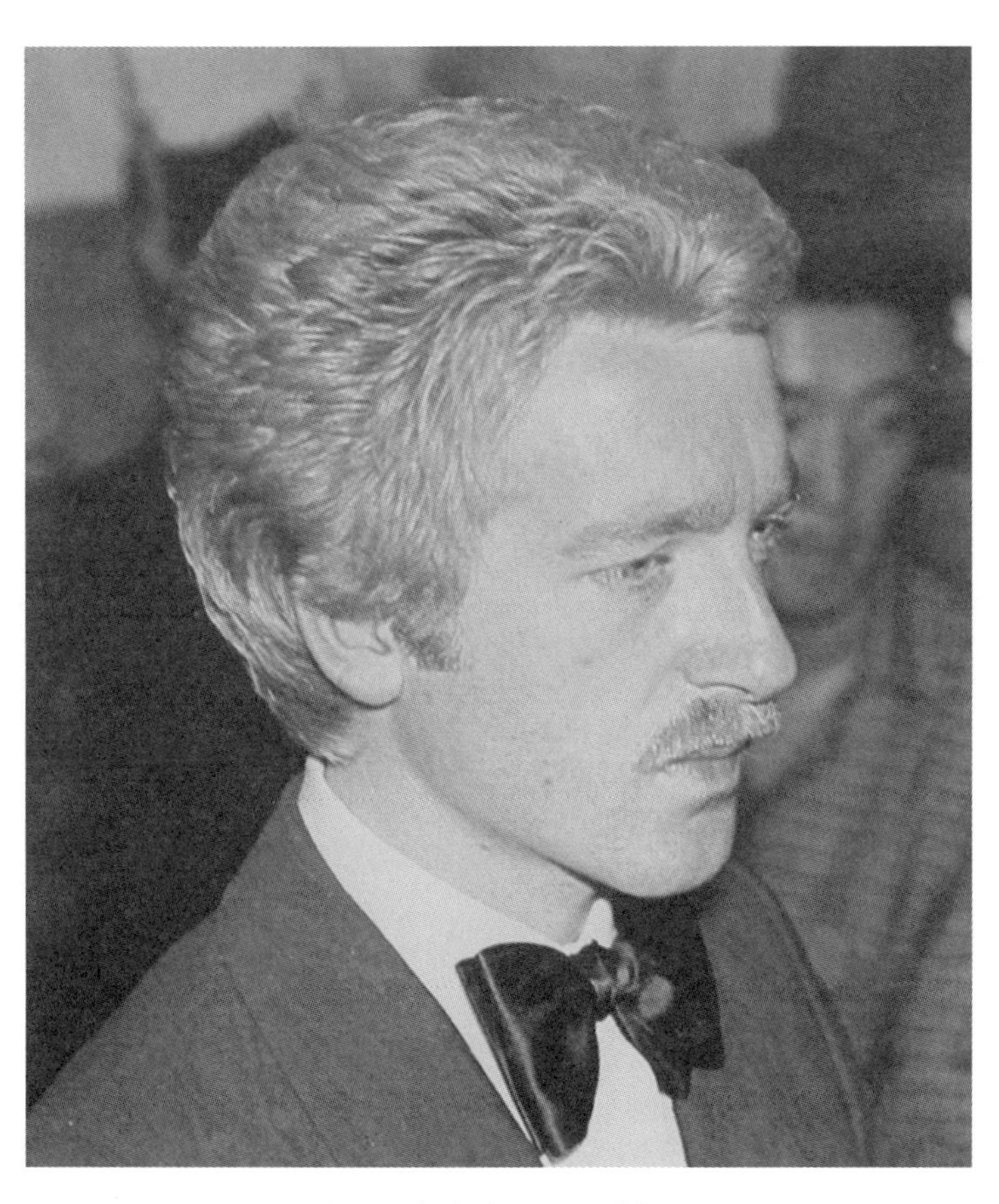

パリ国際大会 メンズ作品

1978年、パリ・インターナショナル・ローズドール国際大賞を受賞。

写真提供：理美容教育出版株式会社

その次の年には、理美容の祭典である一九七九年度全日本理美容綜合技術選手権東京国際大会があり、私は二十九歳で直前チャンピオンとして出場しました。

歴代十四名の全日本綜合チャンピオンが出場し、それぞれがニューモードの発表を行い、チャンピオンの中のチャンピオンを選ぶのです。

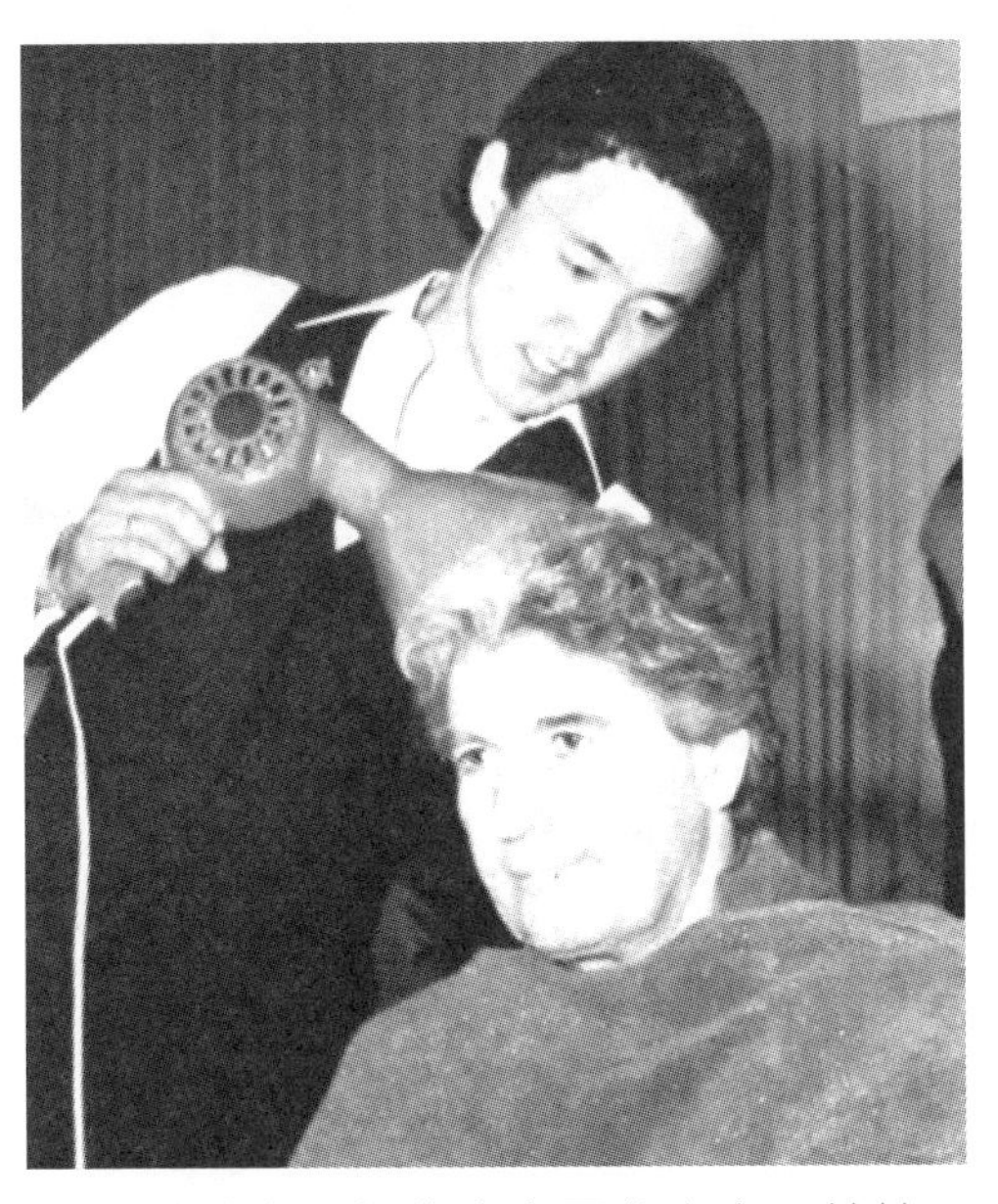

79 理美容の祭典東京国際大会で競技中の私。チャンピオンになる。

その優勝者には〝スタイリスト・オブ・ザ・イヤー〟の称号が与えられます。

競技の結果、「第四代スタイリスト・オブ・ザ・イヤーは、佐々木たいめいチャンピオン！」と呼ばれたのです。

一九七八年度全日本理美容綜合技術選手権に続いて、二年連続の栄冠です。

私は〝第四代スタイリスト・オブ・ザ・イヤー〟の称号が与えられ、同時に国際大会の審査員にも任命されました。

79理美容の祭典東京国際大会で、79スタイリスト・オブ・ザ・イヤーでチャンピオンになった作品。

# 第三章　自分の人生を大きく変えたセミナー

**佐々木たいめい 画 「創世」**

第 57 回 三軌会入選作品

## 無理して参加した人生初のセミナー

コンクールで優勝したことで、いろんなところから声がかかるようになりました。業界内外で引っ張りだこにあい、ある種のスター的扱いにもなったのです。それで自分が偉くなったと勘違いするのが普通らしいのですが、幸い私は、あるセミナーに参加して道を間違うことはありませんでした。

もし、このセミナーに参加していなければ、今はどうなっていたか……。

もちろん当時の自分自身は、自分が偉くなったとは思っていませんでした。でも外から見ると、ある意味危険地帯に入っていたように見えたのかもしれません。

全日本大会で、そして国際大会でチャンピオンになった私は、お陰様でお客さんは増えるは、講師として呼ばれるはと、大変忙しくなりました。それとともに、理美容業界の人達の、私を見る目が変わったように感じました。

理美容業界で生きる者にとって、同業の人達から注目されるのは誠に有り難いことであり、気分としては悪くありません。

しかし私は、注目されるためにチャンピオンになったわけではありません。

そんな時、私の尊敬するお一人で、ある化粧品会社の経営をされていた窪田氏から「セミナーを受けてみないか」と誘われたのです。

「天狗になって人生を狂わしてしまう人がいっぱいいる。だから一般の人に触れて一般社会のことを知れ。そうすると美容業界にいても、自分が一般社会でどんな位置にいるかがわかる。次のステージが君を待っているよ」

と言うのです。

「次のステージが君を待っている」というのは、その時、私には全く考えもつかない強烈な言葉でした。なぜか私の心のど真中に矢が刺さりました。

確かに、宝くじに当たって人生を狂わす人がいる話は聞いたことがあります。ある意味で自分もそうなってしまうのか。次のステージって？　なんだろう？

そう考えると私の心は、少し動きました。

でもセミナーに行くためには、金、土、日曜日の三日間ということなので店を休まなければなりません。すぐには「はい」と返事ができませんでした。というのは、全

国各地から講師として呼ばれて飛び回っていましたので、自分のサロンで仕事をするのは週末に集中させていたのです。すると、

「これからの長い人生に比べれば、三日間はほんの一瞬に過ぎない。決して無駄にはならない」

と説得されたのです。でも、言われている意味は分かっても、そうまでして行く価値があるのかという気持ちの方が強くありました。さらに参加費を聞いてまたビックリです。確か、十五万円くらいだったと思います。

当時のカット料金は千二百円くらいです。店を休んで、しかもそんな高額を払って行く必要があるのか。

できたら断りたい。

しかし尊敬する先輩の勧めを無下に断るわけにはいかない。

迷いました。

でも、こういう時にこそ行動するのが私の生き方ではないか。また三日間は一生に比べればほんの一瞬に過ぎないというのも本当だと思いました。

そして、強く自分の心に響いた「自分の次のステージ」ということに引っ張られる

ように……先輩のアドバイスを受け入れ、店を休んで参加することにしたのです。

その時のセミナーは、ビーユー（Be You）というセミナーでした。ちょうど日本でビーユー（Be You）セミナーがスタートする時で、その最初のセミナーを受講したのです。今になって考えると、それが本当に良かったと思っています。

もし、このセミナーを受けていなかったら、私の人生はどうなっていただろうか――真っ当な人生になっていなかったかもしれません――そんな思いが頭をよぎります。セミナーを受けたことで私は、その後の生き方に芯ができ、ぶれることなく前に進むことができるようになりました。そのお陰で今の私があるのです。

## ビーユー（Be You）セミナーとは

ビーユー（Be You）とは、「あなた自身でいて下さい」ということです。自分に置き換えると、「自分自身でいなさい」ということです。

自分を知らなかったら、自分自身でいられません。ですから自分自身でいるためには、自分自身を知る必要があります。そこでセミナーは、「自分自身を探求してみませんか」と呼びかけます。

そして、「自分自身を知る体験やセッションがありますから真剣に参加してください」と最初に説明を受けます。

セミナーのもともとは、ベトナム戦争の帰還兵のために設けられた研修です。戦争という極限状態の中で体験した友の死や忘れられない出来事、それに伴う不安や恐怖や怒り、そして憎しみなどにより、帰還してもすぐに平常の生活に戻ることができず、自暴自棄になって大麻などに溺れていく兵士たちもおりました。

そういう実態が当時のアメリカにあり、それにどう対処して、どう社会復帰に導いていくかが問題になりました。

その解決のために政府主導で、いろんなプロの人が集って、人間性回復運動（ヒューマン・ポテンシャル・ムーブメント）を創りあげたのです。

その中心になったのがエンライト博士で、そこで開発されたのがビーユー（Be

You）の原型になったプログラムだったわけです。それをキリスト教の布教方式で、部隊から仲間へと伝えました。

特徴は、集合教育です。仲間がいて、励まし合い、助け合うことで、グループダイナミクスが起き成果が上がっていくのです。なるほどと思いました。

このセミナーを受講して、私は完璧にはまりました。

こういう世界があるんだということを、初めて認識したのです。

そして、トレーナーを見たときに、こういう仕事をしていることが凄いと思いました。その時のトレーナーが中村直弘さんです。

中村さんは英語が達者で、エンライトさんの通訳をしていた。エンライトさんに言わせると、自分が話をするようりうまく説明して、しかも受講者が理解している。

それでエンライト博士から、「日本人のためのプログラムを作ったらどうか」と言われて、中村さんが日本人向けに作ったのがビーユー（Be You）セミナーなのです。

最初は三日間でした。日帰りで、朝九時から夜の九時までありましたのできつかったです。次のコースが四日間で泊まり込みでした。

すっかりビーユー（Be You）に惚れ込んでしまった私は、トレーナーにもなりました。ですから、私はジョン・エンライト博士の孫弟子になります。

中村さんは、現在も人財育成のプログラムの開発やトレーナー育成に現役で活躍中です。

最初にビーユー（Be You）を紹介してくれた窪田氏には、本当に感謝しています。

今でもお付き合いさせて頂いております。

## あまりにも狭い視野で生きていたことにショックを受ける

全日本理美容技術選手権大会での優勝を目指したのは、息子の関係の他にも大きな理由がありました。それは、親友が高校に行き、大学に行っていると聞いていたからです。私は中卒です。学歴はともかく人間として恥じない生き方をしなければ、親友とだんだんとかけ離れてしまうと感じたのです。

研修に行ったら、大学を卒業した人達がいるわけです。

「ヘェー、大学を出てからでも勉強しているんだ」

世間では普通のことかもしれませんが、理美容の世界しか知らなかった私は、本当に驚くとともに、なんと自分は狭い世界しか見ていなかったのかと思いました。

「何の仕事をしていますか」

「理美容の仕事です」

「理美容の仕事に入って、どうでしたか」

「コンテストで全日本チャンピオンになりました」

「防衛戦を何回やったんですか」

「えっ、ボクシングじゃないんだから（笑）、一回優勝して終わりです」

「あ、一回だけでいいんですか」

と言われた時のショックは、今でも忘れません。

一回の優勝に全てを掛けてやってきたのに、その時に知り合った人達は「そうですか」で終わってしまったのです。本当に、ガツン！ときたのです。

冷静になって考えてみると、それが世間では普通なんだということがわかりました。

なのに、理美容の世界だけの全日本チャンピオンになって、あたかも天下を取ったような気になっていたら、窪田氏の言う通りになってしまうと思いました。

そして、セミナーに参加して良かったなあと本気で思いました。

## 赤黒ゲーム

そのセミナー中で赤黒ゲームというのがあります。

AとBのグループに別れて、赤か黒に投票していきます。

勝つ方法は、AとBに最大限のプラスの得点を、最終的に蓄えることです。

これ以外に勝ち方はない、と説明を受けて、

「はい、スタート」となります。

「勝つ方法は、AとBに最大限の得点を、最終的に蓄えることです」と説明を受けていますが、その真の意味が最初は理解できていません。

ですから今まで通り、相手に勝つためにどうするかを考えてしまいます。AはBに勝ちたい。BはAに勝ちたいと思うわけです。

しかし、それでは「AとBに最大限の得点を蓄える」ことにはなりません。求められている「勝つ」というのは、相手に勝つために得点を獲得するのではなく、AにもBにも得点を蓄えるという意味です。

それをどうやって実現するか、それがこの赤黒ゲームの重要な課題なのです。

本書は「自分を生きる」ことをテーマにしていますが、それは「自分が源泉と捉えて生きる」ということです。物事に対して「他人が源泉」で捉えているのか、「自分が源泉」と捉えているのかでは、結果は大きく違ってきます。「自分が源泉」は利他の生き方であり、「他人が源泉」は利己の生き方とも言えるからです。

AだけでもBだけでもない、というのは、AとBの両方に最大限のプラスを蓄えなければならないということなのです。

ところが、自分だけが相手に勝つ、もしくは相手より優位に立とうとするのは、片方だけがプラスになる考え方です。それは利己の生き方であり、時にはエゴが大きくなり、奪い合い、争いになってしまうことだってあるわけです。結果的に最低限？の得点を創ってしまうのです。

では、Aだけでもない、Bだけでもない生き方とは、どういう生き方でしょうか。

それは、利他の心で生きるということです。

例えば仕事なら、お客さまに喜んでもらって我が社は報酬を頂けます。仕入先から物品を購入してお客さまに使ってもらうことで、仕入先にもお客さまにも喜んでもらえます。そして結果的に我が社も喜べるわけです。

これは仕事だけではなく、社会の中でも社内の中でも、そして家庭の中でも同じことです。人様に喜んで頂くという利他の心があってこそ、Aだけでもない、Bだけでもない、両方が生きてくる生き方ができるのです。

自分がこんなに頑張っているのに、「何であの人は」とか、「何であの会社は」とか、「何であの上司は」とか、「何で女房は」とか、「何でこの子は」とか言う人をよく見かけます。

これは他人によって自分の生き方が左右されているわけですから、他人が源泉で生きていることになります。

勝つと言うことは、共に勝つ、すなわち共に生きるということです。

もしその共に勝つ相手が、自分が好きな人だったらどうでしょうか。

そこでトレーナーから、「自分が今、一番可愛いと思っているのは誰ですか」との問いが出されました。

さらに、「その相手は、子供さんがいる方は子供さんと思ってください。自分の子供さんと闘い、うちまかして勝ってあなたは嬉しいですか」と問われたのです。

誰だって子供をうちまかして嬉しいはずがありません。

「そうか。相手を我が子と思えば、もっとその人を愛することができる。そこに共に勝つ喜びがある」

ということが初めて理解できました。

そう理解できたところでトレーナーが、「これが共に勝つための、唯一の勝ち方ですよ」と言われたのです。

その言葉を聞いて私は、「ガーン」と頭を一撃された感じになりました。

今までは、なんと一方的な愛し方しかできなかったのだろうか。これからは、家族も、両親も、社員も、全ての人をもっと、もっと愛したい……本当に強くそう思いました。

## 「私にとって、世界が変わった瞬間でした」

さらに心が大きく変わる実習がありました。

三日目のセミナーの中に、もの事を選ぶ選択の基準を探究する実習があったのです。仕事や、人との関わりの中で、何を基準として選ぶのかの実習です。

セミナーの中では、選択の基準が四つあり、どれを選ぶかは自分が決めます。

一番は、無視。

二番は、視線を合わせる。

三番は、握手する。

四番は、抱擁。

この実習では、言葉は一切使いません。ですから言い訳も説明もできません。目の前に来た人に対して、瞬間に何番かを決めて相手に示すのです。

セミナーの三日目ですから、少しは目の前に来る人のことは知っています。

この人、実習で頑張っていたから四番か、女性だから遠慮して三番か、この人はあまりいい印象がなかったので二番か……とにかく目の前に来た瞬間に何番かを自分で決めるのです。

しかし、この決めることが、そう簡単にはできないのです。

頭では、四番を出せたらいいのにと思うのですが、全部四番を選んでしまえば自分の気持ちに正直だとは言い切れなくなります。

赤黒ゲームと呼ぶように、相手が赤か黒とハッキリとしていれば迷うことなく選べるのですが、相手は人です。

自分の大切な人なら迷うことなく四番を選択できます。しかし目の前にいる人は他人です。正直な気持ちから言えば選択に迷って当たり前です。

しかし、ここが実習で学ぶべき、重要な課題なのです。

トレーナーから、「目の前の人の瞳の中に自分の母を見てください」とガイドされます。

母と言われて嫌う人はまずいないと思います。相手の瞳の中に自分の母がいると思って相手を見ると、不思議ですが目の前にいる人を受け入れる気持ちが生れ、母を思って自然に四番を選択するのです。

するとその気持ちが相手に通じて、相手の心が瞬間に変化します。

自分はダメな人間だと思っていたのに、また人からもそう思われていると思っていたのに、四番を出されたことでその人は、人様から自分を受け入れてもらったことに喜びを感じます。

自分の存在を認めてもらうことの嬉しさ、これによって心が変わるのです。劇的な心の変化です。自分の心が変化することで、他人(ひと)をも受け入れるように変化していくのです。

その相手の心の変化とともに、さらに自分の心にも変化が生まれ、その人が本当に愛(いと)しくすら感じてきます。

「あ、こういうことか」

「受け入れるって、こういうことなのか……」

ということが分かるのです。まるごと自分を認めてもらうことの嬉しさは、もう言葉で表現できないくらい感動なのです。

会場全体は、感動の渦に包まれます。それぞれが、心の大変換を実感している証なのです。

私にとってこの実習は、自分自身の世界観が一八〇度変わった瞬間でした。「こんなことがあり得るんだ」と納得できたのです。

人によっては、後日に心の変化が生じます。しかし、すべて自分が源泉で選択しているのです。

こうした心の変化が世界に広がっていくなら、争いはなくなります。それは誰もが求める世界ではないでしょうか。

この体験から、私もその一端を担おうと決意しトレーナーになりました。そして幾つかのプログラムを開発したり、研修会を開催したりしています。

# 第四章

# 持って生まれた使命を生きる

**佐々木たいめい 画　油絵　6号**

我が家の犬友“コンタ君”。もう天国に還ってしまいました。

## 自分の人生は自分が創っている

人は、経営者であれ経営幹部であれ、先生であれリーダーであれ、人を導くトレーナーであれ、また家族の一員や組織に属さない人であれ、必ず何らかの形で他者と接して生きています。

そして、その立場、立場で頑張っているわけですが、時には悩んだり、苦しんだりするものです。

自分の役割を果たすために、どう生きたらいいのか。

どうすれば、周りの人から喜んでもらえる生き方ができるのか。

また、どうすれば人様のお役に立てる生き方ができるのか。

そのことを意識するか否かにかかわらず、人は誰でもそのような思いが心のどこかにあるはずです。

なぜなら、人間の欲求として「今より少しでも成長し、何かのお役に立つことが、人生の喜びである」ことを知っているからです。

人間ですから、当然、時には怠け心も生まれます。でも、怠け心をそのままにして生きたとしたら、心からの喜びを感じるでしょうか。怠けていて、人から「よく頑張ったね」などと言ってもらえるでしょうか。そんなことはあるはずもないし、何より自分で言えるはずがありません。

そうなれば、少しでも自分が成長を感じる生き方をしたほうが良いことになります。

ところが人は、「そうは思っても……」という弱気な心がつい出てきてしまい、行動しようと思っても、なかなかできないのが実態のようです。

いろんな人を見ていますが、人間というのは、いざ行動を起こそうと思っても、でも……とか、しかし……とか、そこまでやらなくても……とか、自分には無理……とか、やったことがない……とか、弱気な言葉を発するようです。

だからと言って、「自分はダメなんだ」とは思う必要はありません。

なぜなら、ほとんどの人が、やらなければならないと解っていても、なかなか実行できないのが普通だからです。

でも安心し過ぎて、いつまでも行動しなければ、やはりダメな人間の仲間入りをしてしまいます。

とにかく人間というのは、実践すること、行動することがどちらかというと苦手な人が多いようです。

人が悩むということは、いかにも抱えている問題が大き過ぎたり、難し過ぎたりと思いがちですが、そうではないのです。

本当は、問題の解決に向けて行動を起さないので、問題が解決せずに悩んでしまうのです。

もちろん、一人で前向きに頑張る人もいます。

できない人から見れば、羨ましい限りです。

では、どうすれば行動が苦手な人も、行動に移すことができるでしょうか。

本を読んだり、セミナーに参加したり、講演を聞いたりといろいろあると思いますが、なんと言っても自分を励ましてくれる人が身近にいると、弱気の自分にも負けず頑張ることができます。

幸いに私は、私を励まし導いてくれる人がいたので、ここまで頑張ってくることができました。

それでわかったのは、自分の人生は自分が創っているんですね。そのことがわかると、どんな問題が出てきても、それは自分の成長のためにあると思えるようになるのです。

それを一言で表すと、「自分が源泉で生きる」ということになります。

## 本来の自分の生き方に目を向ける

「自分が源泉」というのは、出来事の全ては自分が源になって起きているということです。全ての出来事ですから、良いことも悪いことも、全ては自分が源になっているということになります。

良い出来事なら素直に受け入れることはできても、悪い出来事はそう簡単に受け入れることはできませんよね。また、この出来事は、絶対に自分には責任がないということもあったりして、全てが「自分が源泉」と言われても、受け入れがたいこともあるはずです。

それなのに、なぜ全てが自分から発していると言うのでしょうか。

ここに「自分が源泉」の深い意味があるのです。

一つのポイントを言えば、損得とか善悪で判断しないということです。

「えー、そんなこと言われても……」

そうです。「自分が源泉」という考えを受け入れるのは、そう簡単ではないのです。

でも意識して受け入れていくと、間違いなく生き方が変わっていきます。


私の体験をお話ししましょう。

第三章で述べたことと重なる部分もありますが、話の流れで必要なので重複はお許しください。

ヘアースタイリストになって、全日本理美容技術選手権大会で綜合チャンピオンになり、その同じ年、パリで開催された国際大会で国際大賞をいただきました。そして翌年には、東京で開催された全日本理美容技術選手権大会で、チャンピオン中のチャンピオンになりました。

私は同じ挑戦するなら、一番になることを目標に立て頑張りました。

人が休んでいる時間も練習し、寝る暇も、食事をする時間ももったいないと頑張りました。外から見れば異常に映っていたかもしれません。

でも私は意欲に燃えていました。それは何が何でも目標を達成したいという強い思いがあったからです。

そして、ついに目標を達成したのです。

その後、私の人生は一変しました。

私は、一気に超有名なスターにでもなった気分になりました。全国どこに行っても大歓迎、経済的にも豊かになりました。まだ三十歳前後のときです。

自分としては、その状態に決して溺れていたというような意識はなく、むしろ充実して全国を飛び回っていたと思います。ですから、この状態がずっと続くとも思っていました。

でも今になって考えてみると、考えが甘かった。

確かに私は、チャンピオンになることを目標に頑張りました。

しかしチャンピオンになった途端、目標だったはずのチャンピオンが、目的になってしまったんですね。これで自分は、やりたいことは何でもやれる、というような気持になっていたのです。

例えて言うなら、世のため人のために尽すにはお金がいる。そのためにはまずお金を稼ごう。そして頑張ってお金が貯まってきたら、お金を貯めることが目的になってしまったようなものです。

なぜそうなってしまったのでしょうか。

それは、何のために自分はチャンピオンを目指したのか。チャンピオンになって、自分は何をしたいのか。生涯かけて、自分はこう生きたいというような、そこまでの思いを持っていなかったのです。

ですから、忙しく飛び回っているだけで満足していたような気がしたのです。

そんな私を見ていた先輩が、「このままでは、佐々木は人生を狂わしてしまう」と思ったのでしょう、ビーユー（Be You）セミナーに誘ってくれたのです。

自分では自信満々だったわけですが、先輩から見たら逆だったんですね。私の成れの果てが観えたんだと思います。

チャンピオンになることは、努力と運がなければできません。

そのことは、私自身もよく頑張ったと思っています。

しかし、チャンピオンになった後どう生きるのか、そこまで考えていなかったのです。ですから、ちやほやされて生きるのが、自分の生き方になっていたわけです。

セミナーに出て、それが本当の自分の生き方か、と何度も自問自答をくり返しました。それで気づいたのが、チャンピオンを勲章として生きるのではなく、自分が心から喜びを感じる生き方をしたいということです。これがインテグリティに生きるということです。

経営者として、会社の経営もありました。

スタッフを育てることもありました。

何よりも大事なお客さまがいました。

お陰で、「本来の自分の生き方に目を向ける」ことができました。

そのことによって私は、道を間違わずに済みました。

自分に生き方を問うということは、「自分が源泉」を生きることにつながっているのです。そして最近になってわかったのが、「自分が源泉」を生きるベースに〝コンパッション〃が不可欠であるということです。

## コンパッションとは

コンパッションとは、一言で〃深い思いやり〃ということですが、J・ハリファックス博士は「他者の経験に気づかいながら、最善を願い、何が一番その人に本当に役立つかを配慮することである」と説明しています。「コンパッションの知恵」が二十一世紀のリーダーシップの源泉であると私は思います。

コンパッションを知って私は、少林寺の教え（力愛不二）の中に多くの共通点を見出しました。それは愛から発振される力があってコンパッションを発揮できると確信したからです。

リーダーシップというとリーダーとしての能力、資質、統率力、指導力etc……という言葉が思い浮かぶと思いますが、それはまだ力や権力での範囲のものです。

世界的企業であるグーグルは、二十一世紀においてリーダーシップに必要なのはコンパッションが大切なポイントであるとして、「サーチ・インサイド・ユアセルフ」の中で、一人一人が自己認識力、創造性、人間関係力を高めるアプローチの研修プログラムを発振しています。その源を和の文化（禅の思想）等に求め、それを科学に基づき現代人が実践しやすいように伝えているのです。まさにアインシュタイン博士が「二十一世紀は日の本の民が世界をリードする」と言われたことがようやく表れだしたと私は実感しています。

現に、それを深めるために禅の老師たちに教えを求めたことは正解だったと言えます。

イギリス議会では、議員に対しマインドフルネスを取り入れコンパッションをベースにするよう求めていると聞きました。素晴らしいことだと思います。

※マインドフルネス……心、身体、周囲で、今の瞬間に起こっていることに好奇心と優しさを持って注意を向けること。一言でいうと Be here now（今ここ）に生じていることに意識を集中することです。

## 自分の存在を認めてもらうと人は生まれ変わる

この世に人が生れてきたというのは、それぞれの人に何か役割があるからだと私は考えています。歴史を動かすような大きなことを成さなくても、その人が果たすべき役割がきっとあるはずなのです。

人生を長く生きていると、やはり人には役割や使命があるんだと思うようになります。

どうして、そんなことを言うかというと、自分の役割や使命を知った人は、困難や試練を乗り越えて生きているからです。

私のことを言えば、「人様に喜んでいただける」ことが、私の人生で果たすべき役割のように感じています。

人様に喜んでいただけると、私自身が嬉しくなり、もっと頑張ろうという気持ちになります。やり甲斐や生き甲斐を感じます。

それを突き詰めていくと、私がなしていることが、人様に認められている。もっと言えば私自身の存在を認めてもらっている、ということなのです。

この、自分の存在を認めてもらうというのは、人生において非常に大事です。

私が敬愛する勇志国際高等学校（通信制）の野田将晴校長先生がそれを教えてくれ

ました（本書カバーの帯に推薦の言葉を書いていただいた先生です）。

その高校には、不登校ややんちゃな生徒がいます。

生徒が心の壁を破り、本来の自分を取り戻し見事に立ち直っていくのです。改めて、教育に当たる校長先生や教師の役割の大切さを強く感じました。

一時、誉める教育が流行ったことがあります。私も実践したことがあります。

しかし、校長先生は、褒める教育で生徒が生れ変わるのは、かなり難しいと言います。褒めるというのは、生徒をちゃんと見ていて、「正当に判断」しなければ、むしろ逆効果になったりするというのです。生徒は教師の口先では、心が動かないのです。

そこで校長先生は、褒めるというのではなく、認めることが非常に重要であると説明してくれました。

大事なのは、何々したからその子を認めるというのではなく、その子の存在そのものを認めるというのです。この世に存在していること自体が、奇跡的なことなんだと「いのちのつながり」を説明し、「この世にダメな人間なんて一人もいない」と大宣言するのです。

不登校の生徒も、やんちゃな生徒も、心に大きな傷を持っている。それが人を受け付けない心の壁になっている。親や仲間や先生から、自分の存在を否定されているのです。

人間、自分の存在を否定されては、生きる希望も出てきません。そんな生徒は、自分はダメな人間なんだと思いこんでいるわけです。

校長先生は、それを全否定して、生徒の存在そのものを認めるのです。

私はこの話を聞いて心から感動し、自分の役割や使命を果たすことの素晴らしさや、人の存在を認めることの重要さ、大切さを再認識することができました。

生徒は、生きる勇気を得て、新たな進路を見つけて進みます。

諦めていたことに挑戦します。

親孝行します。

人が生れ変わるって、本当に素晴らしいです。

野田将晴著『高校生のための道徳　この世にダメな人間なんて一人もいない!!』
高木書房刊

## インティグリティ…自分の存在理由を見つけて生きる

やり甲斐や生き甲斐を感じるのは、同時に自分の存在が認められるということを書きました。

これを逆に言うと、自分の存在を認めてもらうことで、やり甲斐や生き甲斐も出てくると思いませんか。

もっと言えば、自分の存在理由を自分で見つけていけば、自分のやることに対して自然とやり甲斐や生き甲斐が生れるということになります。

実は、「自分が源泉」という生き方は、自分の存在理由を見つけて生きるということでもあるのです。

そのことを私達は、インティグリティと言っています。

インティグリティとは前にも書きましたが、辞書でひくと、「誠実さ、高潔さ、正直、一貫性」などが出てきます。言葉としては、ある程度わかりますが、何に対して誠実や正直なのでしょうか。

そこでSEEでは、「本来の自分の生き方」に対して、誠実に正直に生きると解釈しています。「本来の自分の生き方」に対して、誠実に正直に生きることが、自分の存在理由であり、そのことをSEEではインテグリティと言っています。

すなわちインテグリティとは、その人が「本来持って生まれた使命を生きる」ことなのです。自分の使命を生きることが、自分の「存在理由」なのです。

自分には自分の、企業には企業の、経営者には経営者の、トレーナーにはトレーナーの存在理由・インテグリティがあるのです。

さきほど、この世に人が生まれてきたというのは、それぞれの人に何か役割があるからだと書きましたが、その役割を果たすために、私達はこの世に存在しているのです。

それがインテグリティなのです。

しかもインテグリティとは、「本来持って生まれた自分の使命を生きる」ことですから、そのように生きたときには、心からの喜びを感じることができます。

例えば、自分が店長だったら店長のインテグリティがあるわけです。どんなときに自分は喜びを感じるのか。

数ある美容室があるなか、自分のサロンにお客さまが足を運んで来てくれる。

そして、お客さまから「ありがとう」と言ってもらえる。

スタッフが生き生きとして働いてくれる。

売上げがきちんと上っている。

自然と生まれる笑顔に包まれている。

「本来持って生まれた使命を生きる」ことで、いろんな喜びを感じることができるのです。それがインティグリティですが、もしまだ生き甲斐や喜びを感じられないなら、もう一度、「本来持って生まれた使命」は何であるかを真剣に考えてみてください。

## 自分のインティグリティは何かを問うてみる

自分のインティグリティを見い出すには、自分に質問をしてみるとわかってきます。

私の場合だと、チャンピオンになって、ちやほやされたまま生きていくのか、それとも他に自分が生きていく道があるのかということです。

チャンピオンと言っても、理美容の限られた世界でのこと、ちやほやは永遠に続くものではない。

驕（おご）りたかぶっていては、やがて人から相手にされなくなる。

一時の人気は、やがて消えていく。

自分が納得する生き方をしてみたい。

それにはどうすればいいのか。

チャンピオンになったのは、自分の自信になっている。

チャンピオンになったのは、何か意味があるはずだ。

そうだ、チャンピオンになる過程で、沢山の学びがあった。

目標を持つこと、努力の大切さ（確かな努力は決して裏切らない）。

仲間や先輩、先生の存在の有り難さ。

努力の成果を発揮できる体を与えてくれた両親への感謝。

技術を身に付け、自分が成長していくことの喜び。

これ等は、私の宝物だ。

それを若い人に伝えることはできる。

美容師として、お客さまに喜んでもらえることもできる。

美容師として、その技術を活かし、ボランティアで奉仕活動もできる。

お世話になっている業界や地域の皆様にも、何かお役に立つことはできる。


と、自分にいろいろと質問し、自分で答えを出していったのです。

そこで得た一つの結論は「目の前にいる人が喜びを感じるように全力を尽す」というもので、利他に生きるということです。

今はそのほとんどが、自分の生き方になっています。それが私のインテグリティになっています。

「目の前にいる人が喜びを感じるように全力を尽す」と決意したことで、私のインテグリティに火が付き、やり甲斐、生き甲斐を感じる生き方ができるようになりました。

そこで私が大切にしているのが、「今を生きる」ということです。

## 過去と未来をつなぐ一瞬の今を生きるとは

やらなきゃダメとわかっても、なかなかできないのが人間です、と前に書きましたが、それは今すぐにやらないから、いつまで経ってもできないということではないでしょうか。

今を生きるというのは、私の大事なキーワードになっています。

今を生きるとは、すぐに行動するという意味も含まれていますが、それだけではありません。

今という時間は一瞬で過ぎ去り、過去のものになっていきます。ということは、過去は、今の一瞬、一瞬が積み重なってできていることになり、それを先に延ばしてみると未来ともつながっていることがわかります。

今を生きるとは、過去と未来をつなぐ一瞬を生きているのです。

過去の生き方が今の人生に反映されているとよく言われますが、それは今の生き方が未来につながっていることを意味します。

やり続けていることが〝今〟で、やるのをやめた時点で過去になります。

ですから私は、今を生きることを大切にしているわけです。今は、残された人生の一番若いときなんです。

今を生きるに当って、一つ注意点があります。それは、進むべき方向を間違わないということです。

よく「自分らしく生きたい」ということを耳にします。私は、その言葉自体には異を唱えませんが、単純に受け入れることに疑問を感じています。

何に基準を置いて「自分らしく」生きたいのか、それが問題です。

もし怠け心を基準においてしまったら、怠け心のままに生きてしまいます。

せっかく良くなろうと思って「自分らしく」生きているはずなのに、結果として人生をおかしくしてしまうことになり兼ねません。だからこそ、前向きに生きる本来の自分の生き方を見つけることが大事なのです。

この世に一人しかいない自分の、一度しかない人生です。


もう一つ、注意点があります。

それは、「自分が源泉」で生きると決めたなら、問題の原因を外に求めないことです。前に、損得とか善悪で判断しないと書きましたが、その意味は出てきた出来事を事実として受け入れるということです。

それと同じように、出来事に対して、その解決を外に求めず、あくまで自分がどう対処するかを考えるのです。

外に原因を求めている間は、一時的に問題が解決したように見えても、また新たな問題がやってくるものです。

起きてしまった出来事に、その事実だけを自分の問題として受け入れ、自分は何をなすべきかを真剣勝負で考える。それが、自分の人生を変えていくのです。

「自分が源泉」という生き方は、自分がどう生きるかと自分に問うことです。自分が対処しない限り問題は解決しないのです。

その過程が、自分自身を成長させてくれるのです。

## いつ自分を成長させるのか

自分を成長させると聞いて、何かワクワクしませんか。きっと本当の自分が喜んでいるからだと思います。

では、どうやって、そしていつ、自分を成長させたらいいのでしょうか。

それは日々の生活を措いて他にないわけです。とりわけ仕事は自分を成長させてくれます。例えば朝七時に家を出て午後七時に戻ってきたとします。

「それは働き過ぎですよ」と言う人がいるかもしれませんが、時間で言うと十二時間です。一日の半分です。

この時間が自分を成長させてくれるとなれば、有効的と思いませんか。そのポイントは、仕事は逃げを許さないからです。それは強制されたものではなく、自分のためでもあるのです。

仕事を怠けて、自分は嬉しいですか。

仕事を嫌々やって、楽しいですか。

楽をしたいからと言って、面倒なことはしないと決めて生き甲斐を感じますか。

人をごまかせても、自分の心はごまかせないのです。

だから仕事を通じて人は成長するのです。

そして、その成長のチャンスは誰にでもあるということです。


また、仕事というと厳しいとか辛いという印象を持つ人がいます。それは受け取りようで変わってきますが、仕事をするというのは責任があるからです。この責任が自分を成長させてくれるのです。

一日の半分を過ごす仕事を、どんな気持ちでやるかは人間の成長に大きく関わっています。なぜなら、嫌々でも楽しくてもやることは同じだからです。

嫌々の人は、仕事が終わっても、不満とまではいかなくても、また明日も……と嫌な気持ちが先に立ってしまうでしょう。

楽しいという人は、仕事が終わってから、また頑張ろうという気持ちになるはずです。

前向きに仕事をする人は、間違いなく自分を成長させます。

そう思えるようになると、仕事に取り組む姿勢が変わってきます。

それと忘れてならないのは、仕事以外の自分の時間を有効に使うことです。何事も一つ一つの積み重ねが勝負を決めます。

例えば読書です。一冊や十冊読んだからと言って、確かに前の自分とは目立って差は出てこないでしょう。でもそれが一年、十年となったらどうでしょうか。明らかに違う自分がいるはずです。

自分を成長させるチャンスは、今、今なのです。

# 第五章

# 「自分を生きる」ために

**佐々木たいめい 画**

第 54 回三軌展（2002 年）創生 I
佳作受賞作品

# 人生の壁

形こそ違え、人生の壁は誰にでもやってくるものです。その時にどう対処したらいいのか、人が辿る道は二つに分かれるようです。

一つは、壁に敢然と挑み、なんとしても乗り越えていこうとする道です。

もう一つは、壁に圧倒され、萎縮し、逃避する道です。

この道の違いは、その人の人生を大きく変えていくことになります。

私は、約五十年の仕事人生を通して、次のようなことを感じてきました。

一言で言えば、壁には大きな意味があるということです。

壁に苦しみ、悩み、傷つき、苦悶し、格闘する中で、人は人格を成長させていくのです。

そういう意味で壁は、試練と言うより、その人の能力を更に高め、魂を磨き、本物の人物にするため、天が与えてくれる恩寵（おんちょう）だということなのです。

ですから、壁から逃げてはならないのです。

自分が成長するためのチャンスを逃すことになるからです。

壁は私たちが何かを学ぶために、私たちの目の前に現れてくれるものです。日々の生活の中で、そのことをしっかりと肝に銘じておく必要があります。

また、その人に越えられない壁は決して目の前には現われないとも言われます。というより、その人の能力以上の壁はその人には見えないのかもしれません。

ということは、目の前に壁として現れた様々な諸問題や障害は、乗り越えられるものと受け止めれば気持ちが楽になると思いますが、どうでしょうか。

## 「ありがとう」という秘法

「ありがとう」という言葉は、ほとんどの人が使っていますので、特別に取り上げて説明する必要はないかもしれません。

では、「ありがとう」の反対語は何？　と聞かれてすぐに答えられる人は少ないのではないでしょうか。答えは「あたりまえ」です。

「あたりまえ」を漢字交じりで書けば「当たり前」となり、「ありがとう」は「有り難とう」になります。「ありがとう」は、有ることがなかなか得難いこと、難しいことということです。

ですから何かをしていただいたり、お世話になったりすると、「ありがとう」というわけですが、「有り難い」ことだけが「ありがとう」ではないのです。

「当たり前」と思っていることも、実は本当に「ありがとう」なのです。

脳梗塞で倒れた人から、「歩けることは本当は奇跡で、どんなに有り難いことかとわかった」というような話を聞いたことがあります。

呼吸ができることも、水を飲めることも「有り難い」ことなのです。

そう思って自分が接する人や、事や、物を見てみましょう。一緒に仕事ができることは奇跡なのです。

「ありがとう」の言葉を交わすことで、お互いの気持ちを尊重し合えるようになり、人間関係のわだかまりはなくなります。

何よりも、自分を支えてくれる周りの人達を大切にしなければならないという気持ちが強くなっていきます。

その結果、仕事においても大きなパワーを発揮できるようになるのです。

それが進化して、「ありがとう」を言うことはもちろん、「ありがとう」と言ってもらえる人間になりましょう。

## 成功は自分で創るもの

成功したいと思っている人は多くいます。

しかし、そうは思っても「自分は成功しない」と心で思っている人が意外と多いというのをご存知でしょうか。そういう人は、理窟っぽくなりますが、「自分は成功しない」と思っているわけですから、思った通りの人生を歩んでいることになります。

成功したいと思うなら、成功を具体的に思い描くことです。そして誰にでもできることですが、成功の目標を明確に設定し、紙に書くのです。それを毎日見て、目標を唱えるのです。それが成功へのスタートとなります。

書くことで、目に見えていない思いが目に見える形になって、具体的に動きやすくなるのです。

もう一つ、成功するかしないか、それがわからないので動けないという人がいます。

これも多くの人が陥る問題です。

こんな話があります。

鎌倉時代、元寇が日本を攻めてきました。北条時宗はどう戦うべきか迷いました。

それで円覚寺に参禅すると無学祖元が「莫妄想（まくもうぞう）」という言葉を提示したというのです。

その意味は「どうしたら勝てるか、負けたらどうしようかなどと雑念妄想に振り回されてはいけない。今為すべきことを専心徹底せよ」ということです。

特に経営者は、この精神を忘れてはいけません。

いずれにせよ、自分を励まし未来の自分を創るのは、自分自身なのです。

## 一寸先は……光です！

一寸先は、闇なんかではありません。

確かに先のことは誰にもわかりません。

では、なぜ一寸先は闇なんかではないと言い切るのでしょうか。

はっきり言いましょう。

闇にするのも、光にするのも、全ては自分自身ということです。

と言われると、「自分はダメだ」とすぐに落ち込んでしまう人がいます。そういう人を何人も見てきましたが、その多くは素晴らしく頑張っている人と自分を比較してしまっています。

大事なのは、自分のできることをまずやるということです。そうすれば必ず人生は変わっていきます。なぜなら人は、必ず変化できるからです。

どんなに小さいことでも自分の特性を活かし、やってみることです。

そのためにも、自分はどんな人間に変化したいのかを明確にしましょう。

先には希望が待っています。

人生は常に、過去がどんなであっても、「今から」始まります。今から頑張ればいいのです。本当に自分を変えられるのは――自分だけです。

一寸先は……光なのです！

## 仕事観（志事観）

約五十年、私は仕事一筋に愚直に打ち込んできて実感していることがあります。

・仕事は決して手を抜いてはならない
・人生は投じたものしか返ってこない
・成功不成功は能力ではなく、真剣如何(しんけんいかん)である

これは仕事を通じて得た実感ですが、これが人間としての私を磨いてくれたと思っています。私風に言えば、仕事は人生そのものということです。仕事と人生は別のものではなく、一対、一如なのです。

何故なら、人生は生活時間や睡眠時間を除いた一番長く過ごしている場で作られているからです。つまり、職場で作られていると言えるでしょう。

ですから、仕事を通じて得た〝悟り〟は、人生を深める道でもあると、なるべく早めに氣づきましょう。

充実した仕事が、充実した人生を創るのです。

先人も様々な角度から教えてくれています。

例えば福沢諭吉は、

「世の中で一番楽しく立派な事は一生涯を貫く仕事を持つ事です」

「世の中で一番寂しい事はする仕事が無い事です」

と説いています。

## 進化することこそが生命の本質

宇宙は百億くらいあるらしいと聞いて驚いたことがあります。我々の故郷であるこの地球はその中の一つで、銀河系という宇宙の中にあります。更に驚くのは、銀河系には太陽が二十億個もあるのだそうです。想像を絶する世界です。

宇宙がビッグバンによってできたと説いたのは、理論物理学者の「スティーブン・ホーキング博士」です（二〇一八年三月十四日没、享年七十六歳）。

博士は、次のように言っています。「宇宙の一部に無限大の質量と超高温度を持った特異点と呼ばれる点があった。約一五〇億年前にこの特異点が爆発を起こしたのです。

その爆発は偶発的な無秩序的なものではなく、高度のソフトとプログラムを持った宇宙意識によって精密な計算と設計によって実行された。爆発によって光子、電子、ニュートリノ、陽子、中性子が生まれ、陽子、中性子、電子から水素、ヘリウム、リチウムなどの単純な構造の原子が作られた。

そこから約五十億年かかって現在の九十六種もの原子ができあがった。原子の組み合わせで分子が作られ、それから約一〇〇億年後に恒星、惑星など物質宇宙が完成した。これが宇宙創生の歴史である」と。

宇宙は、その起源からさまざまな異質のものを組み合わせ、絶えざる創造進化を繰り返して今日に至っている、いや、いまなおその過程の中にある、ということです。

宇宙は生きているのです。ということは、実は宇宙は巨大な生命体なのです。そう思わないわけにはいかないのです。

生命は生命を生み出す。宇宙が生み出したあらゆる生命は、進化することを根本原理として、その生命活動を続けているのです。

進化することこそが生命の本質……宇宙創成の歴史は、そのことを私たちに教えているのではないでしょうか。ですから私は、成長することこそが人の喜びだと思うのです。

## 生き方の本質を探る〝SEE〟のこと

私は、SEE（Synergy Executive Excellence）を主宰するシナジースペース（代表取締役 鈴木 博氏）のトレーナーとしてセミナーに関わっています。

SEE（シー）では、存在理由を非常に重要視しています。

では、シナジースペースの存在理由は何かと言えば、個人・組織が何の為に存在しているか、その存在理由・目的を明確にし、そこを生き、具体的成果を作り出すパートナーとして貢献することです。

セミナーでは、一＋一＝二……だけではなく、三にも五にも、更に十にも一〇〇にもなっていく効果を実感します。それを私たちは、人の体験や学びを自分の学びとして受け入れ、共有することと、分かち合うことを〝シェアー〟すると言いますが、そのシェアーの力（相乗効果）が大きいと考えています。

それをどのように達成していくのか、要点を簡単に説明します。


目標未達成、成功、昇進、失敗……私たちは瞬間、瞬間、目の前に「結果」「出来事」が生じます。

大切なことは、起きた「結果」「出来事」ではなく、その事案をどのように「とらえ」どのように「考える」か、ということです。

その時の意識を、どこに置くかという「在り方」が大事だということです。

失敗して「自分はダメだ」と捉えるのか、それとも「次に結果を創るにはどのようにしたら良いか？」と捉えるのか、ということです。

その意識の「在り方」、問題の「捉え方」で、その後の結果は全く変わってきます。

どちらの意識で人生の時間を過ごすのか、その意識の質が、三か月後、六か月後、一年後の、いや未来の自分自身を決定するのです。

**鈴木　博**　氏

シナジー・スペース株式会社
代表取締役

ヒューマニスティックサイコロジー、哲学、経営、その実践的人間探求の中から30年間３万人を超える研修参加者、経営者の成長と突破に貢献。

「自分が源泉」のあり方をベースにした教育訓練を実施。日本におけるヒューマングロウス（人間成長）トレーニングの代表的指導者。また、平成７年よりスタートした経営者研修“SEE”は社外重役制度をとりいれ、多くの経営者の指示を得て現在延べ1,400社を超えるネットワークに成長。


意識の在り方の大切さを述べましたが、どのようにして前向きの意識にしていくのか、それを四つのキーワードに分けて説明いたします。

最も大事なことは「習慣化」することです。

何か失敗した時に「自分はダメだ！」と捉えてしまうのは、それが「習慣化」されているからなのです。実は、そのことも自分自身はわかっているのです。

## ■四つのキーワード（意識の在り方）

人生の豊かさ、結果を作り出すための物事に対する「捉え方」「考え方」「行動の仕方」です。

### ①「自分が全ての源」

ケネディがアメリカ大統領に就任した際、「あなたの国家があなたの為に何をしてくれるかではなく、あなたがあなたの国家の為に何ができるかを問おうではないか」と全米国民一人ひとりに呼びかけた演説は有名です。

一人ひとりの主体性と、その潜在する影響力とパワーへの尊敬の念が感じられます。「あなたが国家を創っていく」ということです。

そのことをSEEでは、物事の全ては「自分が全ての源泉」であると言っています。わかり易く言えば、自分の人生は自分が創っている。経営者であれば社長の自分が会社を創っているということです。

源泉…となるその源に触れると自分自身の中にまるで電気が走るような感覚を私は体験しました。ですからSEEの十三回（一年）のセッションには、すごく深い意味があるのです。自分の全細胞が目覚めるのです。

## ②「完　了」

完了は、意識の在り方を決める、非常に重要な課題です。わかり易い例で説明します。

昨年（二〇一七年）六月九日、高木書房の創立五十周年を祝う会があり、そこで高校生で暴力団の組員になり、その後真面目な道を歩んでいくはずが覚せい剤中毒に陥ったという長原和宣さんの話を聞きました。

現在は更生し軽貨物の運送会社を経営しています。覚せい剤から立ち直ったということで、いろんな所で講演をしていますが、少年院でも乞われて講演をしています。

長原さんは、小学校時代の成績がよく、野球が好きで、強いAチームのレギュラーでサードでした。ところが中学校に入るとき「勉強できなくなるから」と親に野球を辞めさせられたのです。

　生き甲斐をもってやることがなくなった長原さんは、遊びに夢中になり悪い友達と仲よくなって、万引きをするは、シンナーもやるはと、警察に何度も補導されます。

　そして高校に入って、暴力団の組員になったわけです。

　そして少年院の院生に彼は言うのです。

「過去のこと、済んだことです。

　終わったことです。

　それは経験として受け止める。私は、そう思います。だって、やってしまったことは帳消しにならないんです。済んだことはいいやと腹をくくり、そこから、反省することは反省して、改善すべき点は改善して、そこから自分はどう考えて、どう生きていくか。

　ここなんです。

『長原さん　わたしも生まれ変わります』高木書房刊

落ち込んでいたってしょうがない。悩んでいたってしょうがない。前に進まないといけないわけですから」と。

私が何を言おうとしているか、おわかりでしょうか。

長原さんは院生に対して、過去は過去、それを受け入れて前に進もうと呼びかけています。誤解しないでください。悪いことをしてもいいと言っているのではありません。過去に戻ってやり直すことができないので、これからの人生を大切にしていこうということです。

しかし、これは現実問題として結構難しいのです。なぜなら人は、出てきた結果に心を縛られてしまい、「と、言われても……」と、前に進めなくなるからです。

だからこそ、意識して問題を受け入れる。完了するのです。

長原さんは院生にそのことを言っているわけです。

完了を行動科学の観点から言うと、「そのままで良い」という許可を自分で自分にすることです。「完了」は、自分自身の「感情」とうまくつきあっていく大事な在り方なのです。

水におぼれた時、私たちはもがきます。わらをもつかもうとします。水におぼれた時、大事なのは水にすべてをゆだねることです。すると、水が私たちを自由にしてくれます。

それと同じように怒り、悲しみ…等、いやな感情が起こったとき、その感情があって良いという許可をし、その感情をそのままにする（これが「完了」です）と、その感情が私たちを自由にします。

「やりたくない」という思いがあったなら、それを素直に認めましょう。そして次の行動に移ればいいのです。そうすれば「やりたくない」こころに左右されずに一〇〇％の行動をすることが可能になるのです。

完了ができるようになると、「自分はダメだ」という人生から、自分自身の意図から生きる人生になります。

そうは捉えられない出来事が起こった時や、厄介な感情の呪縛につかまった時には、深呼吸をして、意識して「完了」しましょう。

③「インテイグリティ」

勇志国際高等学校の弁論大会で最優秀賞を獲得した、熊本学習センター三年、樋口満理奈さんの、「一年前の私へ」を読む機会がありました。

勇志国際高等学校の野田将晴校長を通して、樋口満理奈さんの許可を得ましたのでここで紹介します。

**一年前の私へ** あなたは一年後の自分をどのように想像していますか。私は、一年間でいろいろなことを学び、成長することができました。そしてどうしてもあなたに伝えたいことができたので、伝えさせてください。

私は勇志国際高等学校に入学してから自分では信じられないことの連続で、最初こそ辛かったけれど、友達と買い物に行ったり、アイスを食べたり、メイクをしてもらったり、普通の高校生みたいに笑ったり悩んだりすることができるようになりました。そのうえ進路まで決まりました。あれほど職業にしないといっていたイラストで頑張っていこうと決めて、今必死に勉強をしています。それを聞いてとてもびっくりしているのではないのでしょうか。

一年前、自分自身が嫌いで憎くて許せず、心のどこかで「自分は幸せになってもいいのだろうか」と悩んでは苦しみ、否定し続けた頃を、今でもはっきりと覚えています。もし今の私がその質問に答えられるのであれば、答えが「YES」です。私は一年前の自分を否定しないし、今、自分自身とっても幸せです。

もちろん、辛い時や落ち込むこともあります。だけど毎日がとても満たされています。あれほど苦しんだ人間関係や体調のことも今では少しだけですが、いい経験になったのかな、と割り切る余裕さえできました。これってとっても幸せなことだと私は思います。

この先、夢をかなえるためだったり、人間関係だったり大きな壁が待ち構えているのだと思います。私はきっと、その度に苦しみ悩んでいるのでしょう。だけど私は負けない自信があります。それは、ずっとずっと長い間苦しみ続けてきた私にとって、自分を否定し愛せなくなることより、怖い壁は存在しないからです。

最後に、一年前の自分にお願いがあります。私はあなたのためにも頑張るので、見守っていてください。

心から貴方を愛しています。

一年後の私より

樋口満理奈さんは、「自分は幸せになってもいい」と言えるようになりました。自分が自分の存在を認めることができたのです。

「インティグリティ」とは、「誠実」のことです。私たちは、一人ひとり存在理由（人生の目的）を持ってこの地球に生まれてきました。そして、私たちがその存在理由を生きた時、私たちはインティグリティ（誠実）を生きているといえます。

企業には企業のインティグリティ（存在理由、経営理念、目的）があります。家族には家族のインティグリティ（存在理由、目的）が、プロジェクトにはプロジェクトのインティグリティ（存在理由）があります。

そして、私たちの日々の行動にもインティグリティ（目的）があります。私たちが何か一歩を踏み出す時、その行動を自分自身のインティグリティから行っているかに意識を払ってみましょう。

すると、行動の質に大きな違い、影響を感じることでしょう。

自分を愛することは、自分のインティグリティを愛することです。

## ④「コミットメント」

「コミットメント」とは、「可能性に向かっての宣言」です。そして、自分自身に「宣言した『ことば』を生きる」と自分が決めることです。

またコミットメントは、自分自身の新たな可能性を切り開くこと、新たな人生をスタートさせることでもあるのです。

コミットメントを創作しようとすると、過去に経験したことがないので「できない」「無理だ」といった反応が起こります。このことが非常に大事です。

ですからコミットメントを持つと、自分の「できない」「無理だ」が明確になるので、そこを突破すれば良いということがわかります。

よくビジョンを持てとか、明確にせよとか言われますが、ビジョンとは未来へのコミットメントです。

ビジョンを描くと、目の前の障害が明確になってきます。しかしそれはコミットメントを持ったと同じなので、新たな可能性を切り開くことになるのです。

米国の作家グレース・ハンセンが「人生が終わってしまうことを恐れてはいけません。人生がいつまでも始まらないことが怖いのです」と言っています。

「全ての源は自分自身」なのです。ですから、「自分が源泉」として捉えてみてくださいとお薦めしているのです。

第34回「自分が源泉」研修

私は　宇宙　です　佐々木 泰明

第34回

## 「自分が源泉」研修

平成29年9月14日（木）・15日（金）

**自分が源泉**

- 完了
- インテグリティ
- コミットメント

**体験から学ぶプロセス**

1. まずやってみる！
2. 気づき（事実をふりかえる）
3. 新しい一歩

「そして、どうしますか？」



「自分が源泉」研修時の参加者カード

平成29年9月14日（木）・15日（金）

## 〝利他〟という捉え方

利他の逆の考え方は利己と言うことですが、その比較は誰でも理解できると思います。もう一つ、ギブ&テイクという考え方があります。私も人間関係においてはこの考え方は重要だと思います。

ただ、この考えには限界があります。ギブ&テイクは与えるものと受け取るものの釣り合いが取れて初めて成り立つ考え方です。

貸し借りの限界を超えた関係を創るには、同じ目的に向って共(協)同作業を行う環境、状況を作り出すしかありません。見返りを一切期待しない「ギブ&ギブ」の考え方がそれです。

「ギブ&ギブ」の立場に立って物事を見てみると、新しい世界が観えてきます。

嬉しさ、楽しさ、喜び、感動……人が喜ぶ姿を見るだけで嬉しい……これが利他の考え方です。実は「ギブ&ギブ」、利他の実践は、人間的にも、魂レベルでも自分が一番成長できる領域なのです。

美容の世界で言えば、スタイリスト一人一人の誠実さがお客さまの心を動かす時代になりました。

お客さまが注目しているのは、美容師自身の人間性です。ですから〝ブランディング〟を目指すサロンは技術や接客の練習や勉強をするのと同じくらい、ある意味ではそれ以上に自分の人間性を練ることが大切になってきます（徳積み）。

利他の実践、人間性を練ることは、どんな業種でも共通していると思います。

ですから自分が生まれ持ったコンパッション（思いやりの心）に光をあてることです。

## リーダーシップ10か条

ほとんどのビジネスは〝人に対するサービス業〟と私は思っています。

だとすれば、リーダーは共に働くパートナー（社員）や、私たちが関わる全ての人に、夢や感動を与えるビジョンを持たなければならないと思います。

リーダーのビジョンが人を未来に引っ張っていくからです。

ビジネスは〝人に対するサービス業〟とみなせば、人がいなければビジネスは生まれません。逆に人がいれば、ビジネスは成り立つことになります。そして人が育てば、人が人を呼ぶので、ビジネスが育ちます。ということは、人を育てることがリーダーの重要な役割だということです。

人が人を育て、その人がまた人を育てる。それがビジネスの展開へとつながります。それが利他の循環です。

利他の循環は、会社や店や様々な組織での「人の働き方」に深く関わっています。人を育てることが、未来への可能性を切り拓く鍵になるのです。

ここに掲載するリーダーシップ10か条は、私の体験から得たものです。ビジネスや人生の荒海で自分を見失わないための羅針盤となれば幸いです。

経営品質探求に大切なものがここにあると思います。

## ①自分に正直になる

自分を知り、自分に正直であることが、成功への第一歩です。自分を知るというのは、自分のインテグリティ（存在理由、目的）を把握するということです。

自分に正直というのは、自分のインティグリティ（存在理由、目的）を生きるということです。

インティグリティ（存在理由、目的）を生きている人は、前向きで、肯定的で、情熱的で、一生懸命で、生き生きとしています。自分に正直な人の一貫した態度の象徴です。

何故かと言えば、自分のインティグリティと自分の生き方のベクトルが一致するからです。

リーダーは組織のベクトルを「一つにする」重要な役割があります。

一つにするとは、会社や店を野球チームに例えれば、チームとして働く社員たちが同じチームマークを付けた帽子をかぶることです。

組織のベクトルが一つになれば、組織の存在意義、価値観、使命、目標が明確になり、エネルギーや情熱が生まれ、偉業を成し遂げることができるのです。

## ②なぜこの会社（店）で働くのか

これを理解することは、リーダーであっても、社員であっても非常に重要になってきます。ここでもやはりインテグリティ（存在理由、目的）がキーワードになります。

人は自らの働く理由を知ることで、目的意識に背中を押され、仕事を喜んで成し遂げることができます。その後押しをするのがリーダーの役割です。

簡単に言えば、人間が持つ情熱、やる気、目的意識などに火を点けることです。

この会社（店）で働くことが、自分の幸せにつながっていることを、仕事を通じて感じてもらうのです。

社員はリーダーを良くみています。そして何より求めているのは――キレイごとは無しにして――生活の安定と継続です。

その安心感をリーダーが社員に与えられるかどうか。

だからこそリーダーは、真剣に社員とその家族を守るために役割を果たさなければなりません。それができることは社員の幸せでもありますが、何よりもリーダーが、真の幸せを感じることができるのです。

## ③自主的に考える

今、多くの企業は、現場で臨機応変な決定が下せるような企業文化をつくるよう努めています。一瞬の判断で、大切なお客さまや事案を逃してしまうことがあるからです。

そのためには社員が、臨機応変な決定が下せるような力がなければできません。それだけに社員の実力が問われるわけですが、その実力以上に大切にしなければならないものがあります。

それは、リーダーを含め社員全員が会社のインティグリティ（存在理由、目的）を共有しているということです。

なぜでしょうか。

決断を迷った場合、会社のインティグリティをきちんと把握しておれば、それを基準に決断を下せるからです。

それができるように導くのが、リーダーの役割です。

それができると社員は、自主的に実力を発揮できるようになります。リーダーが「何をすべきか」を指示するのではなく、「何故それをすべきなのか」を社員が感じて動くのです。大基になるのが企業理念なのです。

自主的に考え行動することによって、社員は会社の一員としての責任も感じるようになります。それは会社のインテグリティを共有しているからです。

共有がなければ身勝手な動きになります。多くの企業が悩んでいる一因でもあります。自由の裏には責任があり、責任のない自由は存在しないということです。

※フリーダムではなくリバティ……決められたルールの中で、自ら実力を発揮して自らの活動を広め、結果として企業に貢献するという自由があって欲しい。

## ④信頼を築く

信頼を築くのに、特別な方法はありません。

日々の仕事や生活の中で、人が見ていようと見ていまいと思いやりを持ち、言葉だけではなくそれを行動に示すことです。紙一枚一枚を積み重ねるように、時間を守る、約束を守る、人様のお役に立つ、人が嫌がる仕事を進んでやる、ゴミを拾うなど、信頼の礎を築いていきましょう。

信頼は、何十年かかって築いてきても、崩れるのは一瞬です。

裏切りや嘘、約束を破るなど、信頼を裏切るようなことは絶対にしてはいけないのです。

## ⑤真実に耳を澄ます

上の座につくと、今まで見えていなかったものが見えたり、今まで聞いたことがなかったことを耳にしたりします。果たす役割が大きくなり、人脈の交流も広がってくるからです。現代の若者は役職に就きたくないという考えがあると聞きますが、私に言わせたら「もったいない」です。自分を成長させる大事なチャンスを逃してしまうからです。

ここで問題なのは、上の座につくと、それだけで自分は偉くなったように錯覚し、人の意見に耳を傾けなくなってしまうことです。人の意見を素直に聞かなくなるのです。

情報の多い現代において、何に耳を傾けるかは非常に重要です。

聴く耳を持ちましょう。

部下の意見を聞（聴）く時間を持ちましょう。心静かに、真実に耳を傾ける気持ちを持ちましょう。

選ぶのは自分です。

真実が読み取れれば、何をすべきかがわかるようになります。聴き上手になりましょう。

聴き上手は話し上手なのです（聞く→聴くへ）。

## ⑥責任を持つ

仕事をする以上、責任がないものはありません。

責任があるから、仕事に誇りが持てるのです。責任を取らないということは、仕事から逃げることです。

仕事から逃げて、仕事を嫌々やって喜びを感じるでしょうか。

決して心の安らぎ、満足は得られないと思います。むしろ、みじめさを感じるはずです。

なぜなら自分のインテグリティ・自分の存在理由を否定することになるからです。

逆に責任を持って仕事に当たるなら、困難をも乗り越える力が身につくでしょう。

責任を持つということは、自分を成長させてくれることであり、自分のインテグリティを愛することなのです。

## ⑦行動する

行動することは、とても重要です。

どんなに素晴らしい勉強をしても、それを行動に移さなければ何の成果もあがりません。いつの時代でも、多くの人がそれを知っていながらなかなか行動に移せないというのが現実です。

成功者は必ず行動しています。

一度や二度失敗しても、また立ち上がって行動します。

この立ち上がりを諦めない限りは人生に失敗はないのです。

ですから、まず行動する。これを自分の生き方の基本に置きます。

しかし、やみくもに動くのも問題です。「行動」は「考動」でもあるからです。お分りと思いますが、人に被害を与えるような行動は絶対に止めましょう。

しかし行動に慎重になりすぎて、リスクを取らず行動しない人がいます。これこそ問題です。何もしないことこそリスクであると早く気づくことです。

失敗しても諦めずに、様々なことに挑戦する。この精神でいってみませんか。

## ⑧困難に立ち向かう

行動の大切さを述べてきました。それが試されるのは、危機に直面した時です。クレームの時もそうですね。何よりも即行動することです。企業理念や価値観に従って行動することです。

特にリーダーは、これができるかどうかで、その資質が問われます。

こういう時こそ、リーダーのインテグリティ（存在理由、目的）を発揮すべきです。困難に立ち向かうときは、自分一人だけではダメです。だから普段から社員のベクトルが正しい方向を向いているかを確認し、自信を持ってリーダーシップを発揮することです。そのために最も大切なのは〝勇気〟です。

吉田松陰先生は「士規七則」の中で、「士の道は義より大なるはなし。義は勇に因りて行はれ、勇は義に因りて長ず」と書いています。「人として正しい道を歩むのに最も大切なことは勇気だ」とおっしゃっているのです。

## ⑨リーダーシップを発揮する

リーダーとは、与えられた状況で物事をプラスの方向に変化させる為に、利他の力を発揮する人のことで、その力を発揮することをコンパッションリーダーシップと言います。相手が心で感じて自ら動いてくれるようになるのです。

リーダーは地位を利用して部下に命令はできますが、力だけで動かしている間は、部下は本気でヤル気を出してくれません。

部下の心が動かなければ、行動も変わってこないからです。

部下の心が動くのは「私の存在を認めてくれた」と部下が感じてくれた時です。うちの上司、口だけではない「一生懸命やっているな」と感じた時です。

権力ではなく、思いやりにあふれ、目標や価値観に忠実であると感じてもらえる、〝静かなリーダーシップ〟を目指しましょう。

間違っても迎合的な態度はしないことです。

## ⑩大きな夢を持つ

夢は人生の推進力になります。できる、できないではないのです。一旦、夢を持ったらそれに向って具体的に動きだしましょう。

夢に対して、「ノー」ではなく、自分を信じ、勇気を出して「イエス」と言いましょう。そうすれば不思議と人は動いてくれるものです。

夢無きものは　理想無し　理想無きものは　信念無し
信念無きものは　計画無し　計画無きものは　行動無し
実践無きものは　成果無し　成果無きものは　幸福無し

# 心づくり

「心づくり」を一言で言うなら、習慣づくりです。習慣は小さなことを毎日繰り返すことで身に付きますから、日課として継続することがとても大事です。

例えば、家庭での靴揃え、お風呂を洗う、トイレの掃除、皿洗い等……といった家事の手伝いであったり、地域のボランティア（スポーツ、文化活動等）を引き受けたり、職場であれば「率先してゴミをかたずける」「朝早く出社して早めに拭くべきところを拭く」など……些細なことを継続してやるのです。

日頃の、なにげない小さなこと（微の集積）こそ大切なのです、

生活面の改善は、予想以上に効果を生みます。

靴を揃え、挨拶をきちんとする、互いにねぎらいの言葉を掛け合う、それだけで家族との関わりがまったく違ってくるのです。家庭は、エネルギーの補給基地でもあり、人生をつくる道場でもあるのです。

良いことが習慣化していくと、不思議なほど仕事に対して前向きな姿勢が生まれてきます。それが、お客さまにも伝わるのです。

逆に言えば、陰でさぼっていたり、乱れた生活をしていては、それが自然に態度となって現れ、お客さまに伝わってしまいます。

心づくりは、人格づくりでもあります。

営業力があって収益を上げる人がいます。会社にとって有り難い存在です。しかし、

いくら実績を作っても、収益はそのまま人格にはなりません。お客さまや家族、人への思いが人格なのです。

心づくり、人格づくりは、日常のなにげない生き方が影響してきます。家族の中でも会社の中でも全く一緒です。

ですからそれに気づいている人は、忙しい合間をぬって何か奉仕活動や清掃活動を積極的に行うのです。これを徳磨き、徳積みといいます。

## 「心づくり」には五段階がある

### ①心を使う

心の中にある思いや考えを用紙に書きます。

思いを文字にするというのは、自分としっかり向き合い、将来のあるべき姿、志や理念を、明確に描くということです。

人は、自分の描いたイメージ以上にはなれません。イメージできないことは実現できないのです（行動科学）。

目標達成に向けて未来を予測し、準備すべきことの全てを書き出し、その全てを実行できれば、目標は達成できるのです。

書いて　書いて　書きまくる。これが「心を使う」と言うことです。

## ②心をきれいにする

物事に取り組む姿勢や態度が素直でまじめ、積極的な状態をさします。そんな時、人は高い目標にも真剣な態度で向き合えるのです。

心をきれいにするには、身の回りで起きている目に見える荒み(すさみ)と、心の中にある見えない荒みを取り除くことが大事です。

〝荒み〟を無くす方法は、日常の生活の中にあります。

「ハイ」という返事や明るい挨拶を忘れない。

玄関の靴を揃える。自分の使った食器類は綺麗に洗う。

四角いところを丸く掃かない。背筋を伸ばして相手の目を見て話を聞く。

不平や不満、グチを言わない。

公の洗面所の流し等は、後の人のためにきれいに拭いておく。

一所懸命に掃除をする。

また、奉仕活動も効果的です。

どんな些細な活動でも続けることで気づきが高まり、周りの人に対する感謝の気持ちも芽生えてきます。

「夢」や「目標」は、ゴミだらけの生活や、荒みきった心では達成されません。

心の荒みを取り除き、きれいな心を保つには、瞑想もおすすめです。

### ③心を強くする

今の自分の力でやれることは何か、それを決めて毎日欠かさず継続することです。それが、心をきれいにするための清掃や奉仕活動であれば、なお効果的です。場を清掃するというのは、実は自分の心も同時に清掃してくれるからです。

どんなに小さな生活習慣であっても「毎日必ずやる」と決めたら、一日たりとも休まない。何事も中途半端に終わらせず、最後まできっちりやり遂げて一日を終えることが大切です。

生活習慣は少なくとも、八〇日間はやり続けないと習慣化はできません。一〇〇日、一〇〇〇日と継続すれば、驚くほど心が強くなっていきます。

それが仕事や人生において大きな「自信」となり、自らの人生探究にもなっていくのです。

### ④心を整理する

自分の心の中にある、過去の失敗や後悔などのマイナス要素を整理して、いつまでもそのマイナスにとらわれないようにすることです。

そのためには、これから先、自分にできること、できないことを見極め、できないことは何か、今の自分に何が足りないかを観る。大事なことは、できることに対して万全の準備で臨むのです。

過去の失敗を引きずったままにしない。「プロ」と「アマ」の違いは、この「心の整理」ができるかどうかなのです。

一日の終わりに、できたことと、できなかったことを仕分ける。そして、できなかったことをそのままにせず（成功しない人の共通点はここをこのままにする）、明日はどうすればできるのかを考えて、翌日の行動計画を立てていくのです。

⑤心を広くする

自分の長所を生かして他人に貢献したり、持っているものを惜しみなく相手に与えると「ありがとう」の言葉が返ってきます。

その瞬間に「心が広くなる」のです。

「教える」「助ける」等、人のためになることは、利他の実践となります。

利他に生きることは心が広くなるのです。これを利他行と言います。

「してやる」ではなく、「させていただく」のです。

## 人間性回復運動

私が、「自己啓発セミナー」のトレーナーになったのは、三十年ほど前になります。

コンテスターとして三十八回目の優勝が〝全日本〟を冠した競技大会でした。

その翌年に全日本の優勝者で競われるスタイリスト・オブ・ザ・イヤーで三十九回目となる優勝をし、鼻が高くなっていた時に、一般を対象にした自己啓発セミナー「Be You セミナー」を受講したのです。その結果、トレーナーになって美容業界のみならず、社会の為にと一念発起したという次第です。

元々のプログラムは、一九六〇年代の後半の頃、ベトナム戦争が終わり、アメリカ国内では帰還兵の社会復帰が問題視されていた時代、サイケデリックやLSD, 麻薬が横行し有識者たちが人間社会の崩壊を危惧し、人間性回復運動である「ヒューマンポテンシャルムーブメント」という運動を起こしました。

教育学、社会学、リーダーシップ学、心理学、経営学、行動科学等の分野から選ばれたその道の専門家たちによりそのプログラムは創られました。そのプロジェクトのリーダー的存在でプログラムの八〇%をデザインしたのが、私の師匠の師匠でもあるJ・エンライト博士でした。

日本ではその原型を日本語のプログラムとして開発したのが私の師匠である「中村直弘」さんです。師は、日本でのトレーナー第一号としてご活躍され、この人がいなければ日本での自己成長・気づきのセミナーは誕生しなかったのです。師は、J・エンライト博士に選ばれたある意味、運命の存在だったのかもしれません。

昨今、目を覆いたくなるような悲惨で陰湿な事件が多くなっています。私に限らず多くの方が、人間、いや日本人の未来に危機感を持っていると思います。

それは、日本人の持つ〝和〟のこころに集約される利他の生き方や礼節、思いやり、徳のある生き方などを失っているからです。

私たちは、それに悲観している場合ではなく、人間性回復運動「ヒューマン・ポテンシャル・ムーブメント」のような、何かを今、やらなければいけないのではないでしょうか。

慈悲の心、思いやりなどの心、コンパッションを持って……。

## 毒にするも薬にするもその使い方

徳川家康の侍女(じじょ)であるお梶の方は、ある時、家康に「一番上手いものは?」と問われ、「塩」と答えました。次に「一番まずいものは?」と問われて、やはり「塩」と答えました。

家康はいたく感心したということです。

「塩梅」という言葉があります。調理での味付けがちょうど良いとか、梅をつける塩加減がちょうど良い時に「いい塩梅」と言います。

同じ塩なのに入れ方によって、甘く感じたり、しょっぱく感じたり、またちょうど良いように感じたりします。使い方によって味が変わるということです。

人とのお付き合いも、接し方によってAの人には好ましく、Bの人には好ましくないということもあるわけです。

ですからマニュアル通りにやれば問題はないと思われがちですが、必ずしもそうではないのです。どういう接し方をすればお客さまに喜んでもらえるのか、お客さまと接しながらいい塩梅の対応をする。それが、おもてなしの基本ではないでしょうか。

## たった一度しかない人生を

栃木県の郊外にある山本有三の詩碑を見つけました。

これぞ、インティグリティ（自分の存在理由）を現わしている言葉だと言えます。
自分のインティグリティは何なのか、考えてみましょう。

たったひとりしかない自分を
たった一度しかない人生を
ほんとうに生かさなかったら
人間に生まれてきたかいがないじゃないか
これを自身の誠実と言わず、何と言うのか？

## 出会った人を心から大切にする

何年か前に、御縁があって地元の三鷹商工会に設置された「基本政策策定委員会」にメンバーとして選ばれました。そこで取り組んだのが「未来の商工会を見据えた基本政策づくり」でした。それを東京都に提出し、都が進める政策に合うと認められれば、助成金が三年間にわたり三鷹商工会に出るというものでした。

そこででき上がったのが「実践社長塾」（現在の経営塾）で、都の選考に幸い選ばれました。

実はそのプログラム作成から指導まで私が受け持ったのです。それができたのは、今まで多くの人とご縁をいただき、教えたり教わったりという間柄になっていたということです。考えてみれば私は、実に深い因縁をいただいていたのです。

この地球上の人口は約七十四億人、日本人だけでも約一億二千六百万人（平成二十九年）もいる訳ですから、そのうちわれわれが一生の間に知り合う人の数は極めてわずかです。

いわんや一生の間に、その面影を忘れない程度に知り合う間柄となると、いかにそれが少ないかということです。皆さんも過去を振り返ってみたら、自ずと明らかなことだと思います。

ですから私は、人と人との関係を大切にしています。特に縁あって、同じ職場で出会った人は特別です。仕事ですから経営者と社員の関係はありますが、私の基本とする考えは利害や打算を越えてお付き合いをするということです。

真剣なお付き合いですから叱ることもあります。ときには厳しく叱ります。それは憎いからではなく、利害打算の観念を持っていないからです。

松下幸之助翁は理念に沿って成果をあげた場合は、ものすごく誉め、あがらなかったら慰める。理念に反して成果を出した場合は無視し、まして理念に反して失敗しようものなら激怒したそうです。

叱るべき時はよく叱れるし、また褒める時も心から褒める。本気で出会った人を大切にするからこそできるのです。

何より私は、ご縁をいただいた良き人に導かれながら、出会いに恵まれてきたと感謝しております。

## 健康の三原則

①心中常に喜神を含むこと

神とは深く根本的に存在する本物の心のことで、どんなに苦しいことに遭っても、心のどこかで喜びを持つということです。
②心中絶えず感謝の念を含むこと
③常に陰徳を志すこと
絶えず人知れず善いことをしていこうと志すことです。

## 他人を変えようと思ったなら先ず自分を変える

人間を変えるような学問でなければ、学問ではありません。学問によって、今の自分が人間として成長するということです。

ところが学問によって知識が豊かになり、今まで気づいていなかった他人の欠点がやたら目につくようになり、それを指摘する人がいます。

これでは、まだ本物の学問をしたことにはなりません。

ここで重要なポイントがあります。それは、「人間を変える」というその人間とは、他人のことではなく、自分自身だということです。

他人の欠点を指摘するのは、おそらく親切心から「良くなって欲しい」という思いがあってのことでしょうが、他人を変えようと思ったならば、先ず自分を変えることです。

まだまだ自分は人間として成長が足りないと、他人を指摘する前にその思いを自分に向けるべきなのです。過去と他人は変えることはできないのです。

変えることのできることは自分自身と、過去に対する解釈です。事実は変わりませんが、その解釈を変えることで新たな未来を創り出すことができるのです。

だから未来を創ることが可能になるのです。

## 幼児は純な心で言葉や環境を本能的に鋭敏に受け取る

〇〜三才位の幼児は、受けた言葉や環境を本能的に、鋭敏に、そのまま受け取ると言われています。ですから幼児に対しては、言葉や理屈で教えるよりも、情的（情意）に感じ取らせることの方が大事だということです。

千言万言を費やして親父が説教するよりも、黙って自分の生きる姿（背中）を子供に見せる。その背中に子供は敬を学ぶのです。母親からは慈（悲）を学ぶのです。

ここで注意しなければならないことは、幼児は、善いことだけでなく悪いことでも全てをそのまま受け入れることです。

ですから、幼児には麻疹（はしか）よりも、もっと感染し易いものがあることを知っておかなければなりません。

それは、恐れや怒り、憎しみや冷淡な態度です。

これらの言葉や感情や態度は、幼児、子供の心を委縮させ、自分は親に嫌われていると思うようになります。

それとは逆に、嬉しい言葉や優しい態度で接してもらえば、自分は親に愛されていると思い、心に安心の港をつくるようになります。

この違いは、人生に大きく影響します。

親の精神状態は直に子供に影響を与えることを知っておきましょう。

## リーダーの「三つの鏡」

私の大師匠、エンライト博士から、社会人として「三つの鏡」を持てと教わりました。

①長い人生を歩む上で、どのような目標を掲げて、夢を描き歩んでいくのか。それらを決めるためにも、ある程度先を見通せる「望遠鏡」を持つことです。

②その目標、夢を実現するために、三年後、一〇年後に具体的にどのような力をつけるか。その計画を立てる必要があります。そのために「双眼鏡」を持つことです。

③そうした計画を可能にするために、今何をするか、足元をしっかり見つめ、自分を掘り下げる「顕微鏡」を持つことです。

この「三つの鏡」を時々思い起こして、自分の生き方を修正していくためには、具体的に行動しなければなりません。

そうです。「三つの鏡」を持って具体的に生きる。これが、自分を生きるということなのです。

## 人を好きになるということは

◎好きな人の言うことにはよく耳を傾ける
◎好きな人は実際より、よく見える
◎好きな人のそばに行きたがる
◎好きな人に相談したい
◎好きな人に話しかけられたい
◎好きな人のことは、よく思い浮かべる
◎好きな人のことは忘れにくい
◎好きな人に認められたい
◎好きな人に褒められたい
◎好きな人のためになりたい（役立ちたい）

……etc.

お客さまは、好きな人から物を買いたいのです。もっと言えば、物を買うのではなく「あなただから買う」ということなのです。これが、営業の原点です。

会社やお店のブランドづくりも、すべてここが原点になります。

どんな立派な商品でも、お客さまの心が動かなければ購入にはつながりません。ブランドづくりは形が整ったからでき上がるのではないのです。

あのお店に行ったら「あの人に会える」、「あの営業マンだったら話を聞いてもいい」というお客さまの気持ちが、来店につながったり購入の後押しになったり、その積み重ねでブランドになるのです。

## 全人格は環境と人格の掛け算である

「リーダーとしての視点、在り方として重要な人間の人格を表わす式があります。環境に左右される自分ではなく、自らが環境を創り出す人間に大事さを教えてくれています。

B＝F（E×P）

Fは関数

B＝Behavior＝全人格（行動値）を示し、ふるまい、態度、行動、挙動、行儀、素行などがそれに当ります。

E＝Environment＝環境（人的と非人的があります）

P＝Person（Personality）＝人、人物、人柄、自分の生き方となります。

日本語だけで表示すると

全人格（行動値）＝環境（人的・非人的）×人格（徳のある人柄）になります。

Bは行動値であり、全人格ともいえます。その中身はEとPの足し算ではなく、掛け算なのです。マイナスが一つでもあると、全人格はマイナスになるということです。

Eは人的環境と非人的環境と二種類あります。環境が人を創るのではなく、人が環境を創ると考えると、自由さが出て、主体性、創造性も溢れてきます。

つまり、自分が変われば世界が変わる！ という可能が見えるのです。

そういう生き方をしているとき、人は自由な、伸び伸びとした発想の中で、真実の愛を受振、発振できます。そして総ての存在物も環境も、貴方自身も自由な意識と意志で満たされていきます。

何より、生きることの尊さ、人生の楽しさを味わい、体験することができます。この楽しさは、他人の喜びが自分の喜び――利他による「共生」――の源泉と言えるでしょう。

その共生という在り方が、これからの人間社会の在り方として非常に大事になってきています。そのことが、自分を生きる基本テーマなのです。

ここでもやはり、自分はどう生きるのかというインテグリティ（自分の存在価値）が根本になってきます。

自分らしく、自分が輝くように精一杯生きたいものです。

# 第六章

# 法則に生きる

**佐々木たいめい 画**

第 54 回 三軌展（2002 年）創生Ⅱ
佳作入賞作品

## 宇宙には目に見えない法則がある

人というのは、どうも自分に見えているものや自分で体験したことだけで物事を判断する傾向があるようです。

当然、生きていれば楽しいこと、嬉しいことはあるわけですが、苦しいことや悲しいこと、腹が立つことや怒りを発することもあるわけです。

それで人を憎んだり恨んだり、ときには争いを引き起こしたりします。「相手が悪いのだから憎んでも当然でしょう」と、自分を省みることはないようです。

と言って、それでその人の心が満たされるかというと、決して満たされていないはずです。むしろ胸の奥にイライラが積もり、自分の体調を崩し、ときには病気になったりするものです。

幸い私は、何か悪いことがあっても、「仕方がない」と思って恨んだり憎んだりすることがなかったので助かりました。今になって思うのは、それが私を救ってくれたのです。

もっと格好良く言えば、目に見えることに惑わされることなく、目に見えない法則に合った生き方をしていたのではないかということです。

年間二〇〇回前後の講演をこなす、黒田クロさんという漫画家がいます。『60秒言葉のセラピー』、『一瞬で運をつかむ 魔法の言葉』、『3秒で心に火をつける 魔法の言葉』（いずれもコスモトゥーワン刊）などの著作を出しています。

タイトルを見て、「人生は、そんなに簡単じゃないよ」と考える人もきっといると思います。

その答えを私なりに言えば、自分の心が変われば見える世界が秒単位で変わってくるということです。恨みや憎しみを抱いた人は、実は私を大きく成長させてくれる人だったんだと思えれば、むしろ有り難い存在になってきます。

一瞬で世界が変わるはずです。

要は、自分の人生は自分の心で決めているということなのです。

それが「自分を生きる」ことなのです。

宇宙の法則を生かすかどうかの最も重要なことは、「自分がそれを心から信じられるかどうか」ということにかかっています。

私の場合は、知らないうちに宇宙には目に見えない法則が厳然としてあると、理屈抜きで信じていたのだと思います。

信じるも、信じないも、全ては自分次第です。宇宙に法則があることを信じましょう。

## YES YOU CAN

できると思う心をどこまで強く持つことができるか。

少しでも心のどこかに、無理かもしれないと思う心があると、次から次に無理が出てくる。

そこであなたは負ける。

負けるかもしれないと思う心があると、そこであなたは負ける。

もうダメかと思う心があると、そこからあなたはダメになる。

失敗しそうだなと思う心があると、あなたは確かに失敗する。

成功している人を見なさい。
最後まで成功を願い続けた人だけが、成功しているではないですか。
すべては「あなたの心」が決めるのだ。
もし、あなたがそうしたいなら、それはできると思いなさい。
あなたはその通りのことができる。

さー　出発だ！
強い人が必ず勝つとは限らない。
すばしっこい人が勝つとは限らない。
頭の良い人が必ず勝つとは限らない。

YES　YOU　CAN
「私はできる！」

そう信じている人が結局は勝つのだ。

## 物事の方向を決めるのは、あなた自身

あなたは、あなた自身に自分の将来について、真面目に誠実に問いかけをしたことはありませんか。

すると、別な自分が答えを与えてくれたという人もおられると思います。

それは、自分が意識している自分とは違う本当の自分がいるからです。

では、本当の自分というのは誰でしょうか。

それは、あなたが人生をよりよく送れるように、あなたを導く預言者が住んでいるのです。まずそのことを知っていてください。そして、あなたの大事な預言者を心の奥に閉じ込めないでください。

ある願いがあなたの中に生まれると、あなたの「預言者」がそれを実現させようと動きだします。

あなたの預言者は、あなたができるということを知っているからです。

ですから、あなたの願いは実現できる！　のです。

でもその実現の芽はまだ柔らかく、大切にしないと成長しません。大切にするか、しないかは、あなたが決めます。その柔らかな芽を「鋼」に変えるのも、恐れや不安で「しぼませる」のも、貴方自身なのです。

柔らかな芽を、大切に育ててください。育てれば、あなたの願いは実現します。

ということで、すでにお気づきと思いますが、あなたが出合うすべてのことは、あなた自身が招きよせたものということです。

物事の発展にしろ衰退にせよ、その方向を決めるのは、神でもなく、他人でもなく、他の誰でもなく、あなた自身なのです。

## 人生の真の支配者は自分

あの人は運が良かったとか、あの出来事は必然だったとか、私に必要な環境だったとか、人それぞれに運や必然、環境は違った形で現れます。

運の良い人を見て、羨（うらや）ましく思ったことはありませんか。

実は、運の良い人というのは、運が強いのです。運を呼び込む力が強いということです。それを左右するのが、その人が持っている「性格」です。

人生の真の支配者というのは、どんなにコントロールしようと、意識しようと、最後に運命を決する野生の本能ともいうべきもの、それが「性格」というものです。

その性格は日常生活の習慣で作られ、自分の人生を支配していきます。

ここで重要になってくるのが、インテグリティです。自分の存在理由は何か、本物の自分が本当に喜ぶ生き方は何か、それに少しでも近づく生き方をするということです。それが性格になるからです。自分自身のコンパッションに光をあてることが大切です。

これが、価値ある人生を歩むコツです。

## 「善い行い」の積み重ねが利益を生む

お釈迦様にしても、空海にしても、お金儲けを決して否定はしていません。周りを幸せにし、結果的に自分も幸せになれる利他の経済活動を自ら実践し、むしろ、奨励しています。

その中でお釈迦さまは、道理を忘れた拝金主義が、結局は人生を豊かにしないことも教えてくれています。

企業の不祥事が次々に明るみに出てきていますが、客観的に見ると自分の欲望や都合だけを優先する、「我利我利」の精神がそこにあるからだと思います。我利我利という欲望はいつまでたっても、どこまでいっても決して満たされることはありません。つまりは、欲に溺れると、いつかは大きなツケを払う羽目に陥るということです。

仏教者たちは、世の中に〝会社〟ができる何千年も前から、「幸せなお金儲け」を追求してきています。形のある財産に執着するのではなく、「善い行い」を積み重ねることで、はじめてまっとうなお金儲けが成立するということを私達は知らなければなりません。

## 利益の正しい理解

夏目漱石は「草枕」の中で、「お金は大事だが、その大事なお金が得られたら寝ている間も眠れまい……」と言っています。多くの人は「眠れなくても良いから、お金が欲しい！」と言うのではないでしょうか。

その大事なお金のことを企業（会社等）では〝利益〟と言います。そして、その利益を生むために人々は営々と働くのです。

利益って何だ？　と人に問えば、「儲け」とか「お金」とか、販売、商売、営業、事業等に携わっている人は言うでしょう。また、経理関係の人は、決算、BS，損益分岐点などを連想するかもしれません。

本来の〝利益〟という言葉は、〝ものでお金を得る〟と理解されがちですが、〝役に立つ、ためになる〟という重要な意味があります。

これを簡単に理解する言葉があります。

「利益」の上に「ご」をつけるのです。
〝ご利益(りやく)〟になります。
ご利益とは、おかげを受けるという意味です。

## 家(会社、家庭)を破産させる六つの方法

①深酒をし不真面目になること。
②夜更かしして遊びまわること。
③音楽やゲーム、演劇に夢中になりすぎること。
④博打にふけること。
⑤自分の業務をサボること。

これは現代の話ではなくて、今から二五〇〇年も前にお釈迦さまが教えたことです。
友達の選び方を間違わないために、家の財産を失わないために、こんなことをやって

はいけないという教えですが、二五〇〇年後の今でも何一つ違ってはいません。何故なら、この指導原理は、人間がお互いに社会生活する上で、守らなければならない〝道理〟だからです。つまり、み仏の教えとは、道理に基づいた生活指導原理であるということです。

## 菩薩行の実践の中にこそ信頼を得るキーワードがある

経営者の多くは、経営の勉強のために近江商人を学んでいます。商売（経営）はどうあるべきなのかを教えてくれるからです。実はその近江商人に、商売の真髄を教えたのは、この地に布教に来た僧侶達だったそうです。

その教示内容は次にように示されています。

「商業というものは、生産された物品を消費者に供給して、そのために報酬を受けることである。また工業とは、物品を生産して需要家に供給して、その報酬を受けることを言う。一般的には、この報酬のことを〝利益〟と呼んでいる。利益が得られるのは、自分以外の人の利益を考えるという基本的な心の行がなければならない。他人に利益を与えようとする心の行をすれば、自分に利益がかえってくる。これを〝自利利他円満の功徳〟という。利他の心とは、仏の心である。仏心の赴くまま全ての人々を救おうとすることが、仏の行いである。これを行う人を〝菩薩〟という。だから、商工業に従事するということは、仏の行い（菩薩行）をしていることになる。」

菩薩行の実践の中にこそ、信頼を得るキーワードがあるということです。成功するときに大切なのは、まさにこのことが大事です。ですから、多くの経営者は、学んで、学んでたどり着くところは、心の学びの世界となるわけです。それを仏教に求めるのはごく自然な事象だろうと言えます。

近江商人は、朝早く家を出、風雨、寒暑をいとわず、艱難辛苦をして行商をする、いつも着るものは木綿、菜食に徹し、糸一本、紐一本も捨てず、一文のお金も無駄には使わない。現代にこんな生活をしている人ははたして何人いるでしょうか。

よく働き、倹約して、しかも正直に、誠実に商工業を営むということは僧侶が修業するのと同じなのです。

他人の利益になることを常に考えて、正当な報酬を受ける。この行為の中に自らの徳を積む本質があるわけです。そして、それが一家眷属(けんぞく)七代まで栄えるといわれる所以です。

## 実践してこそ仕事に、人間に、筋金が入る

仏教の教えのなかに、涅槃に至るための八つの実践徳目として八正道があります。仏の境地に至る道ですから、言葉を読めばまことにその通りだと思います。

一方で、これを日々の生活の中で実行できるかと言われると、生身の人間としては結構難しいのではないかと思います。

次は、それらのことを見事に表現している話です。

八正道

①「正　見」…ショウケン…正しく物事を見る。

②「正思惟」…ショウシスイ…正しい考えをすること。

③「正　語」…ショウゴ…正しい言葉を使う。
④「正　業」…ショウゴウ…正行ともいい、正しい行いをすること。
⑤「正　命」…ショウミョウ…正しい生活をすること。
⑥「正精進」…ショウショウジン…正しく努め励むこと。
⑦「正　念」…ショウネン…正しく物事を記憶して、正しい信念を持つこと。
⑧「正　定」…ショウジョウ…正しく、落ち着いた心をもつこと。

白楽天が、「禅の神髄は何か」と偉い禅師に問うたところ、禅師は八正道を教示し、諸悪莫作(しょあくまくさ)　衆善奉行(しゅうぜんぶぎょう)と話を結びました。この言葉は「間違ったことをせず、正しいことをせよ」という意味です。

それを聞いて白楽天は、「そんなことは三歳の子供でも知っている！」といって憤然としたそうです。

禅師は、「三歳の子供でも知っていることなのに、六十歳になってもできないことなのだ」と説きました。

それを聞いて白楽天は、瞬時に悟ったと言います。

良いと知ったことを、日常で実践しなければ、それを知った意味はないということです。日々の生活で実践することが、いかに大切であるかを教えています。

空海は、「正しく仏教を実践し身につけたならば、きっと今後の仕事に、筋金が入るだろう」と説いています。実践、行動すれば、筋金入りの仕事ができ、筋金入りの人間になることができると言っているのです。

陽明学では、これを「知行合一」といいます。そういう意味で陽明学は実践学なのです。人間として身につけたい大事な言葉です。

## 人が喜ぶ花をたくさん咲かせた人が人生の勝利者

人というのは、完璧にして不完全な存在と言えます。もっと正しく言うなら、完璧な人間が不完全な人間によって覆い隠されているということになります。

どういうことかと言えば、完璧というのは、例外なく人は全知全能の完璧な魂を持っているということです。私たちは、初源の光から分かれた存在、つまり、リトルゴッドなのです。

不完全というのは、その完璧な魂に自分自身がベールをかけて、完璧な魂の輝きを弱くしたり、鈍くしているということです。

ある人は、こういう人間の捉え方にヒントを得て、「人からエゴを抜いた存在が神である」と言いました。言い得て妙ですね。

仏教的に言えば、私たちは何回も転生輪廻を繰り返しながら、完全さ（純粋な光）を取り戻す修行の旅をしているのです。

ということは、私たちが〝生きている！〟というのは、皆、修行中の身だということです。

ですから、人様にも自分にも、まだ足りないところがあるというのは、むしろ当然なのです。ここで大事なのは、人の足りないところを批判するのではなく、自分にはまだまだ足らないところがあると知ることです。

足りないというのは、光（良い点）が欠けているということです。その欠けた光がわかれば、良いところが見えてきます。それが、人の良いところを意識して観るということです。努力して良いところを観ることをお勧めします。

意識して観る努力は、実は完璧な自分を発見し、本来持って生まれた良さを育てあげ、本来の自分を取り戻す旅でもあるのです。

積極的に良い部分を見つけることは、自分と他人の良さ（種）にお水をあげて、お花を咲かせることなのです。

その花が咲くのを見て、喜べる自分がいる。それができる、ＦＯＲ ＹＯＵ（利他）の心を持った人が真のリーダーということです。

人様に花をたくさん咲かせてあげた人が、人生の勝利者と言うのです。

## 労働、朗働、喜働、天職、聖職

「私は一日たりと、いわゆる『労働』はしたことがない！」

これは有名な発明王エジソンの話です。この後に「何をやっても楽しくてたまらないから」と続きます。これを読んで私は、本当に感動しました。

「そうなんだ。仕事とはこうあるべきだ」と思ったのです。

この話は、デール・カーネギーの妻ドロシーが編集した『カーネギー名言集』に載っています。

デール・カーネギーと言えば、鉄鋼業で大富豪となった人で、彼の著である『人を動かす』は、バイブル（聖書）に次ぐ超ベストセラーになっています。私はこれを何度も読んでいます。

働くことが苦痛で苦労ならば「労働」です。英語ならレイバー。これはスレイブ（奴隷）から来た言葉だそうです。「労働」は、働くことを原罪とする思想に由来します。

ですから労働という苦痛から逃れるために、時短や高賃金を求め、レクレーションで人間性を回復したいということになるのです。

私は、不幸な考え方だと思います。

一方で、働くことが喜びであり楽しみとなれば、「朗働」「喜働」と表現できます。それはレイバー（労働）ではなく、ワークです。

ワークには「作品」という意味がありますので、働いて自分の人生の作品を作っていることになります。

そうなれば、それは苦楽を超越して働くことが生き甲斐となり、使命と考えるようになるでしょう。それが「天職」「聖職」です。

ライフワークとして天職に生きることは、人として至福な時間なのです。

## 知命、立命、天命、運命

知命……自分がどういう素質、能力を天から与えられているか、自分がこの世に生まれてきた存在理由や使命というべきもの、それを称して〝命〟と言います。その〝命〟を知ることが知命です。

立命……自分の命を知ってそれを完全に果たしていく。即ち自分の〝命〟を尽くすことが立命です。論語の最後に「命を知らないということは君子ではない」と書いてあります。これはとても厳しい指摘です。しかし私は、正しいと思います。人間が絶対に譲ってはならないのは何？　と問われたら、〝立命〟以外にはありません。〝立命〟つまり命を立て得ずとも、せめて〝命〟を知らなければ立派な人間になることはできません。

天命……命とは先天的に天から賦与されている性質、素質、能力などです。
これを天命と言います。天命は修養次第で自由自在に発揮できます。
運命……天命は後天的修養によって自由自在に発揮できるということは、何様にも
変化できるということなので、その意味において天命を運命とも言います。

## 〝命名〟

〝命〟とは自己に発せる造化のはたらき、すなわち創造と成長のはたらきなので、〝命〟を知るとは、別の意味に於いて無限に自己を進歩させることでなければなりません。

〝命〟という字は絶対的という意味で、〝いのち〟と言います。ですから、特別の意味を持って「お前は大きくなったらお前の名の通りに修業すればいいんだよ」という意味で名前をつけることを〝命名〟と言うのです。

そのインテグリティに生きることを使命と言います。

# 日本、日本人の自覚

■今の日本の国土は一五〇億年の旅路を経て存在しています。王家として継続的に存在しているのは、欧州ではデンマークが一番古く、国ができて約一一〇〇年（ゴーム王家）、イギリスが次で約九七〇年の歴史ということになります。
日本は平成三十（二〇一八）年が神武建国、皇紀二六七八年ですから、世界で最も古い王家ということになります。我が〝日本〟は世界で最も歴史がある国なのです。

■日本では国民のことを「日の本の民」と言い、「おおみたから」と呼ばれていました。日本の国民は「国の宝」なのです。ですから、形（なり）は日本人でも、「大和（日本）の魂（心）」を持ち合わせていなければ、「国の宝」と言えませんから「日の本の民にあらず」いうことになります。
「青い目の日の本の民」や「黒い肌の日の本の民」もいるということになります。いや、実際におられます。

■「日の本の民」とはどういう人でしょうか。太古の昔からわれわれ日本人は「日の本の民」としてこの地球に生まれ、存在し続けてきました。しかし、昨今の日本の文化の乱れを見るにつけ、ただ、悲しいでは済まされません。

日本が王家としてみたら歴史が一番長く、しかも数段古いのです。日本の存在は、宇宙の証しとして、神話からズーッと続いている国なのです。

■日本人の心を大和言葉で表現すると、全体の和を大切にする「誠」ということになるそうです。格闘系のゲーム器で育った現代の若者は、共生の精神もヤマトごころも解せず、武士道なき国になっています。哀しい想いを抱くのは私だけでしょうか。

武士道の武は、戦うという意味の弌と、止めるの意味の止でできています。戦うための剣術を稽古しながら、戦いを止める武の心を育てあげる。そこに崇高な日本人の生き方、武士＝士(サムライ)の心・魂があるのです。それが世界からも認められる武士道なのです。

■古事記によれば、その昔、イザナギノミコト、イザナミノミコトが出会い、イザナミノミコト（女）が先に声を掛けて合体しました。それを司る神（宇宙）より、その出会いは宇宙の法則に合っていないと指摘され、今度はイザナギノミコト（男）が先に声を掛け、その結果、日の本の神々が次々と生まれました。

その日の本の神々の命を引き継ぎ、日本の王家（天皇家）は絶えることなく、誰一人として悪事をした天皇は存在していないのです。ですから、日の本の国、日本は宇宙の証しなのです。この歴史から言えば、天皇は象徴などではなく歴然とした国家元首なのです。

日の本の神々は、それぞれに役割を持ち、宇宙の法則、在り方などを示していますが、イザナミノミコトは引く役割、受け入れる役割を持っています。陰陽で言えば陰の役割です。

イザナミノミコトは本来の役割である引くほうの立場になり次々と神が誕生していきました。

イザナミノミコトのその力は、柳のようにしなやかな力であり、へりくだっていく力であり、宇宙的に観るとイザナギノミコトとのバランス力ということです。

どちらが良いとか、上ではなく、それがそれぞれの役割であるということです。

■日の本のテーマは「あい」です。「あい」とは、出会い、合一……常に一体を目指すのが日本の本来の在り方なのです。陰陽が一体になって新たな生命、モノが誕生します。

陰陽は対立ではなく一体というのが日本の精神なのです。これが本当に理解されれば対立はなくなります。

笑い合う、押し合わせる、話し合い、お手合わせ、空合い、色合い、頃合い、風合い等々、出合って合一して愛が完成するのです。これを難しい言葉で表現すると皇極ということですが、陰陽が調和した姿と理解してください。

■日本は母性の国です。父性の国は、どこも長くは続いていません。日本は母性の国として、受け入れて調和して国づくりをしてきました。幕末を見ると、それがよくわかります。

西郷隆盛は「もののあはれ」を持った母性の人、大久保利通は「ますらおぶり」の父性の人です。二人は最後対立した形になりましたが、明治維新で新しい日本の基礎を作ってくれました。

また日本の古代精神史の二大湖と言えば、賀茂真淵と本居宣長です。賀茂真淵は「ますらおぶり」の男性性（父性）があり、本居宣長は「もののあはれ」の女性性（母性）がありました。これが日本の精神文化の基礎を作ってくれました。

どちらが良い、悪いではありません。どちらも正しく、日本の源流にあるものです。まさしく古事記神話（680年）のごとくです。

こうした陰陽が一体になることで、文化の厚さ、心の深さが生まれています。それを持っているのが、日の本の国、日本なのです。ここに「日本の調べ」の源流があるのです。

■日本の調べとは、「日本らしさ」と言っていいでしょう。陰と陽が、女性性（母性）と男性性（父性）に現われる前の、命の根源を意識して生きることが「日本らしさ」なのです。

日本人は、「何々の心」という表現を好んで使います。「日本」のことを「日の本」

と言い、「日本人」のことを「日の本の民」という言い方です。それは根源の「命の」日本、日本人ということなのです。

「しらべ」の「しら」とは、夜がしらじらと明けてくる、真実を調べるの「しら」から来ていると言われます。

しらべの「べ」とは、川べ、岸べ、水べというように、その周辺、そこに至るという意味があると言われます。

自分の命は、神話からつながる命につながっていると意識して生きる。それが自然と生き方に現れてくるのが日本の調べなのです。

■陰と陽と言うと、二つは全く別物のように思われますが、日本人は陰と陽は渾然一体で、陰の中に陽があり、陽の中に陰があるという感覚があります。

これと同じく対とする言葉に、裏と表、プラスとマイナス、右と左、天と地、男と女……などがありますが、裏があるから表があり、プラスがあるからマイナスがあり、右があるから左があるのです。すなわち、両極端が共に存在するというアンビバレントが真実の姿なのです。

どちらが正しいとか、悪いとかではなく全てが正しいのです。飛行機は右翼と左翼があって飛べるのであって、片翼では飛べないのです。

この両極端が共に存在するという精神は、争いとは違う世界にあります。平和が叫ばれますが、真に平和を築いていくなら、この両極端が共に存在する精神が重要なキーワードになると思っています。

■「あの人には裏がある」と言うと、何か裏に悪いことが存在するような感じを受けてしまいます。ところが日の本の民は、人の裏を否定的に見たり、人の陰を穿(うが)っては見ません。

何故なら、人の裏や人の陰にこそ、その人の本質があると見るからです。それは古代から知っているので、「お陰さま」というのです。

人間の本質は、表面では見られない内面も見て判断されるべきですが、どうしても表面的なことで判断をしてしまいがちです。むしろ目に見えない部分にその人の本質があるかもしれません。

いや日本人は、表面からは見えない、その人の魂を本質と見ていました。そこにその人の愛の本質があると見てきたのです。

それを日の本では「御魂（みたま）」というのです。日の本は、御魂の故郷なのです。

■あるとき「雪の深さは　心の深さ　津軽人！」という言葉を目にしました。また、出雲で講演した時に参加されていた女性から「陰に光を見出す出雲人！」という言葉を聞きました。見事に日の本の人間賛歌を謳い上げていると思いました。

現実の厳しさの中に人間としてのあり方を感得し、陰の中に本質を見い出す心の豊かさなど、まさに日の本の民の感性を感じます。

日の本の民は、大調和の精神を持ち、浄化や癒しの力を持っているのです。そうした日の本の民に、私たち日本人は誇りを持つべきです。この源流の誇りを忘れていることが、様々なマイナス現象となって現われていると思うのは私だけでしょうか。

ぜひ、義務教育でしっかり教えて欲しいと切に願うものです。

■世界の危機は、父性の原理がもたらしています。父性を止める母性原理が働かないからです。その点日本は、最初で述べたようにやり直しのきく国であり、心を寛大にして導いていく摂受（しょうじゅ）の文化を本来持っている国なのです。

ですから、来日して日本の本質を感じ取ったアインシュタイン博士が、二十一世紀をリードするのは日の本の民と明確に言われた所以なのです。

■神社に参拝する際、通常は二礼二拍手一礼で参拝をしますが、拍手の本来の意味は陰陽のエネルギーがスパークすることを表わしていると聞きました。いま自分が生かされているという、自分の御魂への祝福でもあるというのです。
柏手の数にも意味があります。出雲大社は四回、伊勢神宮は八回です。さてその意味は？　というと、実は、それだけビッグバーンがあったという記憶の数なのです。

そして神前へと進むと、そこに鏡があります。そこに映るのは自分自身です。「自霊拝（じれいはい）」の瞬間ということです。

■日本という国は多種多様なものをまとめるという役割があります。スウェーデンのある有名な教授が「二十一世紀は日本人がリーダーとなろう」と言ったそうですが、ある意味それは、日本の本質を言い当てていると私は思っています。

日本は、「や」およろずの神が、「ま」とめて、「と」どめるから「やまとの国」なのです。

■「和」には、やわらぎ、なごみ、あえるなどの意味があります。「やまと」とは大きく和（あ）えるということです。それが合体して大和になり、その精神を引き継いでいる国が日本なのです。二十一世紀の新価値は和（あ）えていくことです。それが日本という国の存在理由なのです。

■日本のことについて神話の部分を少し紹介しながら、私の思うところを書いてきました。物語として日本のこと、武士（もののふ）のことを語れる人が増えて欲しいと願っています。

魂の高い人、波動値の高い人、調和度の高い人、そういう人が二十一世紀のリーダーとなって活躍していくことでしょう。そういう人こそコンパッションリーダーと言えるのです。

## リーダーとしての軸　和のこころが通い合う美しき日本！

ペリーが浦賀に現われてから、日本は覚醒したと私は想像します。さて、そこから近代国家になった日本は、ユーラシア大陸・清の内乱に関わりをもって〝日清戦争〟になり、その後、ロシアが朝鮮半島に出てくるのを拒否したのが〝日露戦争〟ということです。

更に満州を巡って、日本と中国が険悪な状態になり、ここにアメリカが関わり合いを持ち始めます。つまり、これが日露戦争以後の外交の基本にあったと言えます。

経済的には満州という経済のマーケットを巡っての争いがあったのですが、実は日米間には人種差別が根底に流れていたのです。日本が日露戦争に勝った一番大きな功績はこの人種差別の解放であったと考えます。

逆にそれが白人の恨みを買い、日本が大東亜戦争（太平洋戦争という言い方はアメリカが日本を占領下においた時に強制的に変更）で日本が負けた際、徹底した日本弱体化政策がとられました。

その一つが今の日本国憲法です。今の憲法はアメリカから押し付けられたと言えるものです。憲法で一番問題になるのは前文に嘘が書いてあるところです。しかし、国会にもそれが解っていない議員がいて、〝平和〟という言葉遊びをしているのを見ると情けなくなります。

国旗掲揚、国家斉唱にも背を向けて議員バッジをつけて〝平和〟という嘘をつく左系の議員に国家観や、まして国土防衛を期待するのは空しさが残るだけであり、そういう輩（非国民）に税金の中から給料を与えるのは　まるでドブにお金を捨てるよりも無駄というものです（言い過ぎでしょうか）。

日の本……日本の意志を知らしめるには例えば、日本国は集団自衛権の行使に毅然と踏み切ったらいいのです。

戦争は起こらないという断定が下されれば、軍隊はなくてもいいのです。しかし、周辺の国々が一斉に軍事費を増大させているのに、我が日本の歴代総理は防衛費（軍事費）を一貫して削減してきました。安倍総理になってから増額になりました。

さらに憲法改正は、国家として当たり前のことをやろうとしているだけのことです。

一度制定したら変えたらいけないという法律はありません。状況に合わせて変えていかなければならないのです。

国家としての毅然たる態度を示すためにも憲法改正は必要です。その動きに対してロシア、中国、北朝鮮、韓国などがいろいろ批判をしていますが、「実は、アメリカにも『日本人は やはりまともだ!』という大きなシグナルを与える」とは、田久保忠衛先生の言葉です。私もまったく同感であり、これ自体が抑止力と言えるのです。

戦後レジームからの脱却とは、まさしく先の〝大東亜戦争〟終了後、日本は敗戦国としてアメリカの占領下で弱体化してしまった我が国を、もう一度名実ともに主権国家にしなければならないということです。

自分の国を自分で守り、自分の行先は自分で決めることができ、そして法治国家の根本である憲法は、自分自身の手でつくらなければ主権国家とは言えないのです。

今の憲法は、日本が占領下におかれ、主権が制限されていた時代に、占領下の国の基本法を変えてはいけないという〝国際法に違反〟してアメリカが日本に押し付けた憲法ですから、私は「日ノ本」の民の一人として全く認めてはいません。

その理由は、日本が占領下にあった一九四六（昭和二十一）年二月、米国軍人十数人により十日程の間に書かれたものです。正式には連合国軍総司令部（GHQ）の民政局のコートニー・ホイットニー局長（陸軍准将）の下で次長のチャールズ・ケーディス大佐が起草の責任者であった。過日TVのニュースでベアテ・シロタ・ゴードンさんの死去が報道された。その中で気になったことがあった。何かというと当時二十二歳のゴードンさんは起草委員ではなかった。しかし憲法作成の作業には関わっていたようなのである。生前のケーディス氏はインタビューでゴードンさんのことに触れられていて、当時のゴードンさんの任務は資料集めだったと語られている。

この憲法の中核にある精神は何かというと、日本を二度と立ち上がれないようにし、日本を二度と連合国の脅威にさせないという占領軍の意志なのです。

日本のアイデンティティ・国柄・皇室を中心とする一体感と言ったものを破壊しようという占領軍によってつくられた憲法です。ですから、この「日ノ本」の民の〝和〟の精神無き憲法で、我が国の国柄や領土や国民の生命・身体・誇りや名誉というものは絶対に守られないでしょう。

世界が気づき始めているのは二十一世紀に必要な源泉は〝和の文化〟なのです。グーグルが開発した「サーチ・インサイド・ユア・セルフ」というセミナーがあるのですが、その中心は〝禅〟なのです。詳しくは又の機会にします。

憲法の前文をご存知でしょうか。嘘が並べてあります。「平和を愛する諸国民の公正と信義に信頼して、われらの安全と生存を保持しようと決意した」と書いてあるのです。これでは、「自分の国は自分では守りません」と宣言していることですよと言いたいのです。

「諸国民の公正と信義に信頼して」とありますが、日本の周辺国を見てください。北朝鮮は我が国の同胞を多数拉致していくような無法者の国です。

ロシアは先の大戦のとき、日本が武器を置いてから日ソ不可侵条約を一方的に破って満州に侵略し、日本の同胞六十万人をシベリアの厳寒の地に連れて行き、一〇万人を死に至らしめ、その上で北方領土を強奪した国です。私の父（天に還って十年）は、そのシベリアから戻れたのは昭和二十三年でした。

中国も、尖閣が日本の領土だと百も承知でいながら、一九六八年の海洋調査で海洋資源があるとわかってからは、尖閣は自分の領土だと強引に取りにきている国です。

韓国も同じで、竹島は紛れもなく歴史上我が国固有の領土です。サンフランシスコ平和条約発効時に、韓国は連合国に竹島を要求して断られたにもかかわらず、無理やり自分の支配下に置き、不法占拠をずっと続けている国です。いずれも「公正と信義の国」とはとても言えません。

非国民たちの、口先だけの「平和」のノロシになっている第九条です。そもそも九条は、侵略戦争は国際法上違法だが、自衛の戦争か侵略戦争かは自分自身が決めるという一九二八年の不戦条約を基本としてできています。

憲法は、本来自分の国を守り、自国民の生命・身体を守る為にあるはずです。にもかかわらず、九条の為にまったく本末転倒になっているのが現実です。確かに自衛権の行使は認められてはいるものの、それも急迫不正の侵害に対して他に取る手段がない場合、必要最小限度というものすごく制約された解釈になっているのです。

そのため、集団自衛権は持ってはいるものの行使できないという馬鹿げた政府見解がずーっとまかり通ってきたのです。

安倍政権のもとで憲法九条に関する憲法改正議論がさかんに取り上げられるようになりました。それをいまだ〝平和憲法〟という言い方で反対する勢力がいます。マスコミがそれを先導していることに危惧を感じています。

日本は、何となく〝平和〟という美辞麗句に踊らされ、左傾化していたものを真ん中の〝中庸〟の位置に戻す為には、右傾化しているようには見えますが、もともと祈りにより〝和〟をもって統治してきた「日ノ本」は決して軍国主義を目指しているのではないのです。

今の日本に対して中国や韓国は、日本のことを昔の超右傾化の軍国主義になると言っていますが、言っている国の方がものすごい勢いで軍事費を年々増大させて、国際法でハッキリしている日本との国境すらもごり押ししています。ロシアや中国、韓国、北朝鮮の方が無法者と言わざるを得ないのです。結果的に超左傾化（一党支配の危険な独裁国家）と言える国々なのです。

内外に日本の右傾化を懸念する声があるということを前段で述べましたが、私にはどうもそれが理解できません。客観的に見て、日本は右傾化どころか、まだまだ世界の常識から外れたパシフィスト（日本語の平和主義より、やや悪い意味がある）国家だと思っています。それは、国際的に比較してみればすぐわかる話だと思います。

数年前、「あなたは日本を守る為に戦いますか?」という世論調査とその国際比較があったことを記憶しています。確か、世界の平均が八〇%位だったとすれば、日本は五〇%をはるかに下回っていた記憶があります。

現在もう一度世論調査したらどんな数値になるでしょうか。なかなか予想がつきません。選挙の投票結果をみると、若者が良識を取り戻しているようにも感じます。

右傾化という言葉遊びのようなことを止め、パシフィストから抜け出て欲しいと願っています。

## 株式会社アーク企業理念

### 『美容づくり　人づくり』

力なき愛は人の為にあらず
愛なき力は人の為にあらず
私達は力と愛を磨き調和させることにより
皆を幸せにする会社を目指します。

■株式会社 ark（アーク）
住所：181-0013 東京都三鷹市下連雀 3-38-4　三鷹産業プラザ１Ｆ
TEL & FAX：0422-42-5966（３HAIR/MAKE）、
0422-55-4421（green hair）

# あとがき（謝辞にかえて）

源清ければ　流れ清し。

リーダーとは　あえて言うなら力量は勿論、品格の秀でた人のみに許される地位と言えるかもしれません。その意味で、権益を利用する側ではなく、正義と公正さを守る為に、努力する側でいたいと努めています。

生き方としては、低姿勢とか高姿勢という言葉で片づけるのではなく、自分のインティグリティを生きる姿勢を貫きたい。それが客観的にも、聖（正）姿勢＝正しい姿勢として観てもらえると思うからです。

リーダーの位置にありながら　ビジョンが無いという人もいます。それは自分のインティグリティが無いということです。そういうリーダーの部下はかわいそうです。リーダーと部下は、お互いが協力し合い、成長し合う関係がなければなりません。

幸せという言葉があります。「お互いよろしき」との意を持つ「仕合わせ」から来ています。お互いに仕え合うということです。
リーダーと部下に限らず、老若男女がお互いに仕え合う。要するに、親や先輩に対して敬う心を持って、兄弟、同輩、後輩がお互い手を取り合って足らざるところを補い合い、輔け合うということです。

そこに真の幸せが生じるのは当然と言えるでしょう。

お互いが、禍もなく平和に過ごせるような社会を実現するためには、お互いの幸せを祈る大きな心が無ければできません。

最近の世の中を眺めてみると、ともすれば全てにおいて自分本位の生き方が優先されているように感じます。だから、いろいろなところでぶつかり合い、仕合わせどころか、不仕合わせ＝不幸せに陥っているように覗えるのです。

人間同志がお互いに好意をつくし、それを互いに喜びとするほど美しいことは、ほかにありはしません。それが本当に人間らしい人間関係であると思うからです。

そうした人間関係に生き、真に値打ちのある生き方をしている人は、常に向上心を持ち合わせています。ですから、立派な見識を持って生きようとか、高潔な心を持って生きようとする視座が生れてくると私は思います。

よくいわれる、目が届く、手が届く、心が届くというのは、自らの理念に基づきインティグリティを生き、行動するということです。

不思議ですが、自分のインティグリティで生きていると、自分で行動しているというより、行動に導かれるという感を強くするはずです。

この本の目的の一つに、生きる智慧（叡智）をこれからの実社会で応用して頂きたいという願いがあります。偉そうに思われるかもしれませんが、実はそれらの一つ一つは、どれ一つとして私のものではないのです。

これらの一つ一つは、数えきれないほどの世代を通り、多くのリーダーたちの実践、考動（行動）により具現化され、具体化されてきたものです。

偉大な賢者の言葉や生き様が私の目の前に現われ、本とか、画像とか、インスピレーションとかで、私にさえ解る言語や精妙な振動波で伝えてくれたのです。

私は今、それらを唯々パソコンで打っているに過ぎません。

ですから、何よりもまず私の智慧（叡智）の源泉になっている人々に、衷心より感謝させて頂きます。

尊敬してやまない、少林寺拳法の創始者 宗 道臣 師家、中野益臣道院長、上杉鷹山公、Dr.ジョン・エンライト、吉田松陰師、杉原千畝大使、中江藤樹師、出光佐三創業店主。

また、身近で学ばさせて頂いた、青春期の師 志賀和多利先生、斉藤孝ＤＨＫ名誉会長、ＰＡＲＩＳの吉野泰史先生、朱夏期の師 中村直弘さん、そして白秋期の現在、シナジースペースの師でもあり同志でもあり心友でもある鈴木博兄に心から感謝を捧げます。

さらには、私をこの世に送り出しくれた両親は、すでに天に還られましたが、貧乏のなか私を庇護し愛情いっぱいに養い無事に育て上げてくれました。そのお陰で今日の私があるのです。両親の恩は測りしれません。

加えて日本の将来のために日々実践、行動をし続けている勇志国際高等学校の野田将晴校長、松浦正人全国市長会会長、美し国の菅家一比古代表に敬意を表するとともに、NPO/RUBANの仲間、BA東京未来会の同志、さらには真友の熊谷盛広君、同級生のみんな、津山町横山の郷里に深く感謝しております。

そして私の愛する家族、素晴らしい宝ものである妻、私の誇りである二人の息子たちにも日頃はなかなか口に出していえませんが、心から感謝しています。

この度の出版に際し、特にお世話になった高木書房の斎藤信二社長には「感謝」という言葉では言い尽くせないけれども、少しでも御恩おくりになればとの思いで記させて頂きました。ありがとうございます。

## すぐれた人格者の精神は

あまねく人びとのことを思いやる
すぐれた人格者の精神は、
長い年月をかけてその行いを見さだめて
はじめて、偉大（いだい）さのほどが明かされるもの。
名誉（めいよ）も報酬（ほうしゅう）ももとめない
広く大きな心に支えられたその行いは、
見るもたしかなしるしを地上に刻んで
はじめて、けだかい人格のしるしをも
しかと人びとの眼（まなこ）に刻むもの。

・1979年度理美容の祭典東京国際大会 第4代 スタイリスト・オブ・ザ・イヤー 受賞

**トレーナー**

・NPO・RUBAN 「ＨＡＲＭＯＮＹ　ＳＴＵＤＹ」首席トレーナー
・現、シナジー・スペース㈱取締役 「自分が源泉」研修・ＳＥＥ研修トレーナー。
・一般社団法人 Be here now association 理事・トレーナー

**関係組織所属・油絵受賞**

・日本青年会議所三鷹JC　シニアクラブ　幹事
・三鷹商工会　理事（サービス部会副部会長）、基本計画政策策定委員会　委員
・第1回調布市民展（油絵）銀賞受賞
・さくらクレパス絵画展（油絵）2作品入選
・三軌会（油絵）同人（'12会員推挙）14年連続 入選（佳作賞、奨励賞他）、入賞
・2007年三鷹市商店コンクール（3HAIR/MAKE）最優秀賞 受賞
・2008年東京都労働産業局長感謝状受与
・2017年東京都警視庁防犯部長・防犯協会長感謝状授与
・　　〃　　三鷹市環境活動功労表彰授与

**職域役員等**

・東京都美容生活衛生同業組合　理事（前専務・常務兼任理事）
・東京都美容生活衛生同業組合三鷹支部　前支部長・現相談役
・三鷹市きらきら通り商店会　会長
・特定非営利活動法人障害者生活支援センターインみたか後援会 会長
・ＮＰＯ法人ＲＵＢＡＮ　会長（前理事長）

## 佐々木　泰明（ささき　たいめい）

### 生まれ、現在の役職

皇紀 2610 年（西暦 1950 年 昭和 25 年五黄寅年）6 月 12 日　宮城県登米市津山町（旧、本吉郡津山町）で生まれる。

・ark group C・E・O

### 人生のテーマ

○ 子どもの頃の夢… 小学校の先生になること！

○ パーソナル理念…「私は 宇宙 です！」

○ 尊敬する人（師）…

両 親、宗 道臣 師家、上杉鷹山公、中江藤樹 先生、吉田松陰先生、白洲次郎氏、杉原千畝大使、新渡戸稲造先生、Dr, ジョン・エンライト、出光佐三創業店主、志賀和多利先生、斉藤孝先生、吉野泰史先生、菅家一比古兄、松浦正人先生、野田将晴先生、中村直弘氏、鈴木博兄

○ 源　　　泉… 力 愛 不 二（りきあいふに）

○ テーマ（考動）… 愛と調和と感謝と学び

○ 理想の食事… 仲間と共に家族で囲む笑顔の食卓。

○ 好きな音楽…和める、暖かい JAZZ ♪

○ VISION……「自分が源泉」の文化を現世に呼び戻す！

### 少林寺拳法　理美容コンクール受賞

・1975 年度日本傳正統少林寺拳法（中拳士３段）。
「昭和５０年度全国大会」（日本武道館）一般男子団体の部 優勝（最優秀賞）所属：埼玉中部道院

・1978 年度全日本理美容技術選手権大会 第 14 代 綜合 チャンピオン

・1978 年度 PARIS INTERNATIONAL 国際大会（現：M・C・B）綜合部門：［黄金の薔薇賞］国際大賞 受賞

# 自分を生きる

平成30年6月26日　第1刷発行

著　者　　佐々木　たいめい

発行者　　斎藤　信二

発行所　　株式会社　高木書房

〒116－0013
東京都荒川区西日暮里 5-14-4-901
電　話　　03－5615－2062
FAX　　03－5615－2064
メール　　syoboutakagi@dolphin.ocn.ne.jp

装　丁　　株式会社インタープレイ
印刷・製本　株式会社ワコープラネット

乱丁・落丁は、送料小社負担にてお取替えいたします。
定価はカバーに表示してあります。

---

　ISBN978-4-88471-812-1 C0037